KB204065

너의 흔들의자

너의 흔들의자

1쇄 발행일 | 2013년 8월 30일

지은이 | 윤규열
펴낸이 | 정화숙
펴낸곳 | 개미

출판등록 | 제313 – 2001 – 61호 1992. 2. 18
주소 | (121 – 736) 서울시 마포구 마포동 136 – 1 한신빌딩 B-109호
전화 | (02)704 – 2546, 704 – 2235
팩스 | (02)714 – 2365
E-mail | lily12140@hanmail.net

값 12,000원

너의 흔들의자

윤규열 장편소설

개미

제목을 놓고 고민하였다. 먼저 생각한 것이 오토마티즘이고 더 생각한 것이 스키조그라피(정신적인 사고에 대한 책)였다. 그러다가 너무 의학적인 주제이고 독자들의 느낌이 딱딱하다 싶고 하여 은유적 표현을 찾다보니 프로이드가 말했던 '술취한 배'라고도 해보다가 '검은 대륙'이라고도 해보았다. 하지만 마음에 와 닿지 않아 고민하던 중 개인적으로 생각한 너의 흔들의자로 하였다. 너의 흔들의자는 분열증 사고를 좀 더 쉽게 표현한 은유적 표현이다.

십수 년 동안 정신장애인들과 함께 하면서 임상적인 경험을 하였고 그 경험을 토대로 하여 스키조프래니아(정신분열증)의 몇 가지 팩트를 소설적인 형식으로 구성하였다.

이 소설은 2인칭 소설로 정신증 환자의 정신적 구조인 나와 자아의 끊임 없는 충돌을 기록하였다. 충돌의 원인은 일찍 프로이드가 말했듯 어두운 대륙으로 남겨두고 극히 현상학적인 문제만을 적시하였다. 프로이드 시각으로 보면 히스테릭하고 라캉의 시각으로 보면 분명히 편집증적인 것이리라. 현대의학에서 도파민 가설을 응용하고 있지만 늘 '왜'라는 문제는 남아있기 때문이다.

이 소설에서 나와 너는 동일시된다. 카를 융이 말했듯 너는 자아의 표현이고 나는 자아 속 깊이 자리하고 있는 나의 기제로 이해하면 된다.

끝으로 정신증을 현상학적으로 표현한 소설은 흔치 않고 우리나라에서는 처음 시도되는 소설이다. 따라서 흥행이 다소 미진할 것으로 생각되나 기꺼이 출판해 주신 출판사 사장님의 배려에 감사한다.

2013년 8월
미원토굴에서 윤규열

주)
1. 나 = 자기 (칼 구스타프 융. 정신분석), 너 = 자아(나의 페르소나)
2. 나 = 방어기제 (프로이드)
3. 나의 상상은 = 증상의 즐김 (라캉. 정신분석)
4. 낙타, 사자머리, 아이 = 짜라투스트라의 자아 (니체)

1

가끔씩 황무지를 핥고 지나가는 바람이 뿌연 먼지를 이끌고 지평선으로 보이는 대야 벌판으로 날아갔다. 큰 바람이 아니어도 뒤안의 대밭에서는 마치 광풍이나 되는 것처럼 이리저리 뒤척이며 사각거렸다.

지네명당. 선조들이 지켜온 그 땅에 살면서 바람 부는 날에는 늘 지네의 등쭘으로 보이는 야산 구릉으로 올라가 뒤척이는 대나무와 마치 벌떼처럼 멀어져가는 황사를 바라보았다.

바람은 늘 한 방향이 아니었다. 금강 하구에서 불어온 바람은 오성산의 허리를 넘어와 골짜기로 향하며 마치 하늘을 나는 새처럼 사방으로 자유롭게 흩어졌다.

머릿속이 엉킨 낚싯줄처럼 복잡할 때면 늘 고향의 바람을 생각하며 눈을 감는다. 하지만 생각의 말미에 다시 시작되는 수많은 생각들 속에 빠져들고 그것이 유일한 즐거움[1]이 된 지 오래다. 얼마 동안 그렇게 지속되다 머리가 무겁고 자꾸만 귀에서 소리가 들리기[2] 시작한다. 그 소리는 또렷하지 않다가 일정한 기간이 지나면 사람의 언어처럼 바뀐다.

첫 경험.

고등학교에 진학하고부터였고 대입을 눈앞에 두고 있을 때 수많은 나라의 언어처럼 들리기 시작한다.

공부는 대입 총정리를 한다며 밤 11시까지 계속되지만 책을 펴놓고 집중을 하려해도 귀에 들리는 소리 때문에 도무지 집중이 되지 않는다.

수많은 언어가 차츰 한나라의 단어로 확실하게 들리기 시작하더니 피곤할 때엔 눈앞에 뭔가가 보이기 시작한다.[3] 너는 언뜻언뜻 스쳐 지나가는 뭔가를 보고 중얼거리듯 말한다.

"뭘까? 내 앞에서 지나간 것이 뭘까?"

너의 두려운 모습을 본 학우들은 이상하다는 듯 바라본다.

"뭐해!"

깡마른 얼굴에 두툼한 검은 뿔테 안경을 쓴 수학선생이 다가온다.

---

1) 라캉. 증상의 즐김
2) 정신과 적으로 지각의 장애인 환청
3) 정신과 적으로 지각의 장애인 환시

놀라며 수학선생을 바라본다. 학생들이 수학선생과 너를 번갈아 바라본다.

"뭘 그렇게 놀라나?"

잡아 삼킬 듯 바라본다.

정작 수학선생의 눈초리보다 친구들의 시선이 두렵다.

"누군가 앞에서 움직여요."

고통스럽다는 듯 두 손으로 머리를 움켜쥔다.

지루하게 문제를 풀던 친구들이 소나기 소리처럼 웃음을 터트린다.

"장난하자는 거냐."

망신당했다고 생각하며 얼굴을 붉힌다.

"이리 나와."

얼굴이 상기되어 있다.

꼼짝도 하지 않고 머리를 움켜쥔 채 책상에 고개를 박고 앉아 있다.

"내 말 안 들리나!"

화를 참지 못하고 고함을 지른다.

왁자지껄 웃었던 아이들은 마치 어두운 동굴 속에 들어가 있는 것처럼 긴장되어 고요하다. 너는 꼼짝하지 않고 고개를 책상에 박고 그대로 앉아 있다.

"무서워요. 누가 앞에 있어요."

침묵이 계속되고 있을 때 갑자기 고개를 쳐들고 말한다.

"뭐라고!"

진실을 말했지만 알아주지 않는 친구들과 수학선생을 한차례 둘러보고는 두려운 듯 경련을 일으킨다.

교실 안에 있는 삼십여 명의 학생들은 수학선생과 너의 행동을 바라보며 긴장되는지 마른침만 삼킨다.

"하하하하……"

갑자기 고요함을 무너뜨리는 고음의 현악기 같은 음질이 교실 안에 쏟아진다. 이미 이성을 상실한 너는 자리에서 불쑥 일어나 수학선생을 노려본다.

눈빛은 살기를 띠고 있다. 수학선생은 눈빛에 흠칫 놀라 뒤로 물러선다.

"누군가가 날 따라다녀요. 정말이라고요."[4]

절규하듯 외마디 소리를 하고 밖으로 나가버린다.

발작의 첫 경험을 이렇게 시작했다.

그렇게 시작된 발작과 폐쇄병동의 입원. 벌써 이십여 년 동안 정신병과 싸우고 있다.

나았다 싶으면 다시 재발하는 정신병에 마음과 정신이 지쳐 있다. 안정이 되었을 무렵 시집가면 치료될까하여 집안에서 서둘러 시집을 보내 아이도 둘씩이나 낳았다. 아이들을 위하여 이를 악물고 병과 싸워 보았지만 의지로는 이길 수 없었다. 한번 무너진 이후 연속된 재발로 곧 이혼하고 말았다. 의심을 품고 있던 시댁 식구들은 병의 진단을 알고부터 사기결혼을 했다며 무서운 눈으로 따졌다. 아기는 안 된다고 몸부림쳤지만 이미 병을 안 시댁 식구들은 말도 붙여주지 않았다.

다시 재발의 징조를 느껴 불안하다. 햇빛을 등지고 흔들의자에 앉

---

4) 정신과 적으로 사고의 장애중 망상에 속하며 편집 또는 피해망상

아 여러 생각들 속에 빠져 있다가 불꽃 모양의 향나무가 바람에 일렁이자 흔들의자에서 내려와 창쪽으로 간다.

유리창에 굴절된 햇빛이 등에 쏟아져 그 모습이 마치 신기루 같다. 햇빛이 간지러운지 가끔씩 뒤돌아보지만 창백한 햇빛에 얼굴을 찡그리고 고개를 돌린다.

한동안 향나무를 스치는 바람과 네 살 배기를 몰고 가는 옆집 뚱뚱이 아줌마의 뒤뚱거리는 오리걸음과 그 사이를 조심스럽게 지나가는 낡은 코발트색 1톤 트럭과 시선이 오직 땅에만 있는 여든 살쯤 보이는 등 굽은 앞집 할머니와 그 위를 지나가는 한 무리의 참새 떼와 외모로 보아선 꼭 조직폭력배 같은 건너편 기와집 순이 남편의 불편한 얼굴과 물을 길가에 뿌리고 묘한 웃음을 흘리고 들어가는 사자머리 사십대 노처녀를 삼층 거실 창가에 서서 차례로 내려다보고는 흥미를 잃었는지 흔들의자로 돌아가 앉고, 발걸이에 두 발을 올려놓는다.

눈을 감으면 마치 몸이 허공에 둥실 떠 있는 느낌을 받는다. 허공에서 생각들이 실재처럼 떠오른다. 온통 갈색으로 물들어 있는 늦가을의 갈대밭. 갈대밭 앞에는 은빛으로 반짝이는 호수가 있고 가창오리 한 무리가 은빛 물결을 타고 지나간다. 갈대밭 안에는 사자 한 마리[5]가 웅크리고 앉아 있다.

갈대가 바람에 흔들거리자 사자의 꼬리도 갈대의 목처럼 흔들거린다. 먹이가 다가오기를 기다리고 있는 것이다.

멀리서 갈대처럼 흔들리는 사자의 꼬리를 바라보며 사자가 어떤 생각을 하고 있는지 상상한다.

---

5) 망상적 환시 (소설에서는 짜라투스트라의 자아)

너무도 선명하여 생각이 환시라는 것을 깨닫지만 다음이 궁금하여 다시 환시 속으로 몰입한다. 유일한 재미이기 때문에 이렇게 찾아온 환시를 포기할 수 없다.

웅크리고 앉아 있는 사자는 사자머리의 사십대 노처녀로 바뀐다. 은빛으로 빛나는 호수나 황금빛 가을의 갈대밭이나 물 위에서 물결 따라 움직이는 가창오리 따위보다 사람들이 더 흥미롭다.

짧은 치마를 입은 사자머리 노처녀는 한길로 나오자마자 등을 굽혀 살굿빛 짧은 치마와 회색 스타킹 그리고 긴 곡선을 유지하고 있는 종아리를 보고 만족한 얼굴을 하고 한길을 걷는다.

가냘픈 그녀의 구두굽이 조그만 충격에도 부러질 것 같이 위험스럽다. 하이힐 끝에는 금색으로 된 쇳조각이 붙어 있고 그 쇳조각 때문인지 걸을 때마다 단정하지 못한 소녀의 껌 씹는 소리처럼 들린다.

"뭐하고 있어."

깜짝 놀라며 뒤돌아본다.

"하이힐 소린 줄 알았어."

무심코 말한다.

"하이힐?"

흠칫 놀란다.

"사자머리 노처녀는 어디로 갔을까?"

환시 속의 일을 기억한다.

"사자머리 노처녀?"

환시와 실제 상황이 뒤섞여 기억하고 있다.

"아래에 사는……"

"자기 몸매를 자랑하는 그 여자?"

"보기에는 뼈가 드러나 보이는 것 같이 깡말라 싫던데, 자랑이라고 꼭 짧은 치마만 입고 다닌다니까. 얄미워."

그 말을 해놓고 얼굴을 찡그린다.

"그것도 자기 멋에 사는 건데."

지나친 관심이 문제라고 트집을 잡는다.

"그렇게도 자기를 볼 수 없을까?"

푸념한다.

"누가 보면 어때 자기만 좋으면 되는 거지."

"저기 좀 봐."

건널목에서 녹색불이 켜지기를 기다리며 서 있는 사자머리 노처녀를 바라본다.

"뭘?"

창가로 걸어가 건널목 쪽을 바라본다.

"오늘은 뭐 하러 갈까?"

"뭐 하러 가든 상관할게 뭐람."

"그래도."

사자머리 여자가 양옆을 한차례씩 바라보고는 조심스럽게 건널목을 건넌다.

"저 여잔 걸으며 어떤 생각을 할까?"

"어떤 생각을 하든."

더 이상 상상하지 말자는 투다.

"아마 집을 나오기 전에 있었던 일들을 떠올려 볼 거야."

"그걸 어떻게 알지?"

"생각해 보면 뻔하지."

"어떤 생각을 했을까?"

"어머니가 쓰는 화장대 앞에서 화장을 하면서 중얼거렸겠지."

"어떻게?"

"화장품이 없어졌다는 둥 얼굴이 늙어 가는 것은 모르고 거울이 왜 이렇게 밝지 못하냐는 둥 했겠지."

"그럴 수도 있겠네."

"장롱 속에 던져 놓은 스타킹을 찾느라 꽤 시간이 걸렸을 거야."

"그걸 어떻게 알아?"

"오늘 신고 간 스타킹은 사흘 전에 신었던 거거든. 사흘 전에 기분이 나빠 집으로 들어가는 모습을 보았어. 그 기분에 스타킹을 세탁했겠어. 집에 들어가자마자 스타킹을 벗어 장롱 깊숙이 던져 넣었다가 오늘 신은 거지. 아마 마땅히 신을 만한 것이 그것뿐이었을걸."

"넌 앉아서 그 집에서 일어나는 모든 상황을 알고 있는 것 같아."

못마땅해 퉁명스럽게 말한다.

"추리를 하는 거야. 그런데 실제상황과 거의 맞을 거야."

마치 신이나 되는 것처럼 우쭐댄다.

"그럴까?"

여전히 신뢰하지 않는다.

"확신하고 있어."

망상 속으로 천천히 빠져들고 있다.

"그걸 믿으라는 거야?"

"믿지 않아도 할 수 없지만 맞는지는 직접 알아봐. 예쁘다든지 오늘 신은 스타킹이 맘에 든다든지 하면 그 여자는 자기에 취해있어 금방 넘어갈 거니까."

"어떻게 맘에 없는 말을 하겠어."

"……그럼 할 수 없지."

흔들의자를 다시 움직인다. 흔들의자가 움직일 때마다 앞에 있는 그림자가 마치 독수리가 날개를 펴고 달려들 듯 움직인다.

한동안 흔들의자를 움직이다 의자를 멈춘다.

"그렇게 했어야 했어."

잔잔하게 미소를 머금고 있다가 그 말을 끝으로 슬픈 표정을 한다. 표정으로 봐 분명 가족을 떠올렸을 것이다.

어머니와 아버지 그리고 남편과 두 아이를 차례로 생각하며 각각의 존재를 네 방식대로 조합한다.

아버지는 작은 도시지만 꽤 알려진 교회의 목사다. 신도들은 아버지를 근엄하고 엄숙하며 거룩하고, 어떤 일에든 관대하고 적당히 위엄이 갖추어져 있다고 평가하지만 그렇지 않다는 것을 잘 알고 있다. 근엄하거나 엄숙 그리고 거룩하다는 말은 어울리지 않고, 그 반대라 생각한다. 아버지의 존재를 의식하면서 차츰 증오로까지 바뀌어 간다는 것을 모른다.

어머니의 죽음 이후 많은 것을 생각한다. 겉으로는 아버지라는 존재를 존경하는 척 하지만 사실은 증오하고 있다. 어머니를 위해 뭔가를 했어야 했다고 생각하고 그것 때문에 늘 죄의식으로 가득 차 있다.

그때 성경을 건성으로 펴놓고 늘 혼잣말을 했다. 그 혼잣말은 망상

속에 빠져 있을 때 상대방과 대화하던 것이다. 신자들은 그 혼자의 대화를 성경을 외우고 있다고 착각하며 존경스런 눈으로 바라보았다. 하지만 너는 성경을 싫어하고 그 문구들 역시 역겹다 생각한다.

사람들의 대하는 태도를 보고 얼마나 이기적인 생각들인가라고 말하며 저만큼에 서서 비웃었다. 이기적인 것은 곧 분열을 불러온다고. 그 생각이 맞다 외치지만 맞장구를 치는 것을 다시 이상스럽고 의뭉스런 모습으로 관찰했다.

"아니지. 잘 되었는지 몰라."

남편과 아이 둘을 떠올리다 더는 생각하기 싫은지 도리질하며 생각에 대한 자기를 합리화한다.

남편은 이혼을 하고 1년도 되지 않아 재혼하였고 아이들은 시댁 부모들이 키웠다. 그때 자신을 돌아보며 이렇게 된 이상 잘 되었다고 체념하는 만큼 마음이 편했다. 하지만 지금도 아이들을 생각하면 마음이 울컥하고 가슴속에 무거운 돌덩이가 들어 있는 것처럼 갑갑했다.

가느다랗게 눈을 뜬다.

해가 서쪽으로 길게 누워 그림자가 벽을 타고 예각으로 꺾여있다. 그 그림자를 보고 미술가 달리가 그린 시계를 연상한다. 테이블에 꺾여 있는 시계는 늘 그 시간이지만 생각에 따라 시간이 바뀌는 그림이다.

"벌써 이렇게 됐어."

혼잣말을 한다.

"시간은 참 빠르지."

표정을 살핀다.

표정이 수시로 바뀌기 때문에 그 표정에 따라 거기에 맞는 수식어를 늘어놓아야 한다.

"시간은 우리의 생각일 뿐이야."

생각을 바꾸고 다시 눈을 감는다.

"뭐하는 거야."

이야기하자고 한다.

"이 생각들이 좋아. 얼마나 즐거운지 알아."

"생각은 생각일 뿐이고 자꾸만 더 많은 생각만 생산할 뿐이라고."

자꾸만 불완전한 만족상태로[6] 빠져들어 간다. 그것을 막아주려고 네가 깊이 생각하지 못하도록 한다.

"뚱뚱이 아줌마가 지금 뭐하는지 알아."

듣기 싫은지 말을 돌린다.

"뭐하는데."

또 다른 생각을 끄집어들인다.

"곧 자기 딸을 몰고 이 앞을 지나갈 거야. 집에서 외출준비가 다 끝났으니까."

확신한다는 듯 마치 바라보고 있는 사람처럼 말하고 흔들의자의 속도를 낸다.

"그걸 어떻게 알아."

또 다른 생각 속으로 끌려든다.

"일 분 정도만 기다려봐 알게 될 거니까."

진지한 얼굴에서 볼 수 있듯이 확신에 차있다.

"그래볼까."

---

6) 라캉. 주이상스

미덥지 않은 말을 듣고도 자꾸만 창밖으로 귀를 연다.

"천천히 가라. 넘어진당게."

"엄마가 빨리 와야제."

뚱뚱이 아줌마의 목소리고 그의 딸 목소리다.

목소리는 항상 울림이 굵어 슬프게 느껴지기도 하고 편안하기도 한 음성이고, 어린 딸의 목소리는 쇳소리가 숨겨져 있는 목소리다.

일어나 모녀를 보려고 창문 쪽으로 걸어간다.

앞서가는 딸을 따라가는 뚱뚱이 아줌마의 오리걸음 뒤로 바람이 흙먼지를 일으키며 지나간다.

"야야. 좀 천천히 가자."

"엄만 살 좀 빼야겠어."

"쪼그만 녀석이 그런 말까지 해."

딸을 따라 멀어져 간다.

"보았지. 보지 않아도 느낌으로 순간을 포착하기도 하고, 진행될 상황을 미리 알 수 있는 예지능력이 있는 특별한 사람이라는 걸 알았지"

표정이 당당하다.

"오늘은 인정할게. 근데 어떻게 안거야."

"느낌이라니까."

의기양양한 태도를 보이며 매일 이맘때 뚱뚱이 아줌마가 자기 딸을 몰고 갔다는 것을 생각한다.

"참. 사자머리 노처녀는 어떻게 되었을까."

다시 쓸데없는 생각에 잠기려 할 때 생각을 전환시킨다.

"그걸 어떻게 알아."

생각하지 못하게 하자 신경질적으로 반응한다.

"알았어. 예지의 능력이 없다는 것을 알면서도…… 내 혀는 참 주책이야."

이미 눈을 감고 있다.

어떤 생각을 하는지 입가에 미소를 흘려보낸다.

"참 우습지."

생각 속의 어떤 곳으로 가 있다.

"뭐가."

"우리 아버지."

"아버지?"

아버지로 향해 있다는 것을 알고 그 생각들을 빠르게 유추한다.

"그래."

환시 속의 모습을 유지하고 있는지 계속 눈을 감고 있다.

"왜."

너의 생각을 유추하면서 지역에서 명성을 쌓아가는 아버지의 근엄하고 인자한 모습을 떠올린다.

"사람들의 생각과 해석이 우스워 죽겠어."

"무슨 뜻이야."

우습다는 듯 킥킥댄다.

"아버지가 말하면 사람들은 스스로 자신이 처해 있는 상황으로 해석하고…… 얼마나 우스운지 알아."

"도대체 어떤 말을 하고 있는지 모르겠어. 쉽게 말해봐."

"이해를 못하겠어?"

"성경에 있는 내용들이 얼마나 많아. 그 내용들이 사람들의 현실과 생각하기에 따라 전혀 다른 해석이 나오거든. 각자의 가치관대로 이해하는 것이지."

"그게 어때서. 성경책을 들고 살았던 때는 언제고 하나님이 언젠가 오실 거라고 의기양양하게 말하던 그때를 생각해 보지 않은 거야."

"그때는 잘못된 생각이었어."

"내일 아니 얼마 후면 생각이 또 달라질 건데 왜 그렇게 단정하는 거지."

아버지에 대한 부정적인 생각을 하게 하는 근원을 찾으려고 생각에 집중한다.

"생각해봐. 성경의 구절을 애매모호하게 말해 놓으면 사람들은 자기 방식대로 해석하거든. 아버지가 해석하는 것이 아니라 자기들이 해석하는 것이지. 아버지의 해석은 언제나 애매모호하거든."

"항상 그래왔잖아. 그것이 아버지 문제는 아니잖아."

화를 낼 수 있도록 두둔한다.

"그렇게 생각하면 쉽지. 하지만 그걸 알고 그렇게 말하는 거야. 사람들이 서로 자기에게 이로운 해석을 할 거라는 것을 알면서 말이야."

"그게 그렇게 우스워."

자꾸만 두둔한다.

"생각해 보라니까. 아버지의 말을 가지고 눈물을 철철 흘리며 서럽게 우는 사람도 있고. 심각하게 자기 반성을 하는 사람도 있지. 더 웃기는 것이 무엇인줄 아나? 보이지 않는 신이 두려워 눈을 감고 살려 달라고 고함치는 모습이야."

"그거야 자신이 지은 죄 때문이 아니겠어. 그게 종교의 본질이고."

"죄? 그것 참 우스운 말이네."

조소하듯 미간을 움직인다.

"어떤 것이."

자꾸만 생각을 유추하느라 표정을 살피고 생각 속으로 빨려 들어가도록 집중한다.

"사기치고 있어. 사람을 죽이지 않은 이상 어떤 죄가 그렇게 크겠어. 그 사람들 대부분은 실제로 지은 죄보다도 마음속에 품고 있는 죄 때문에 괴로워하고 있는 거라고."

"하지만 이해해 줘야지. 아버지 아니야."

분노하는 어떤 것을 토해내기를 기대한다.

"늦었어. 도저히 이해도 되지 않고, 용서도 되지 않아."

"어머니의 죽음 때문인가."

어머니 이야기를 하자 입을 다물고 흔들의자를 움직인다. 흔들의자가 크게 움직일수록 마음에 증오심이 더 커져가고 있다는 것을 안다.

흔들의자는 시나브로 격렬한 몸짓을 한다. 너무 격렬하여 앞으로 넘어질 것 같은 느낌이 든다. 그런 행동을 바라보고만 있다. 아무리 부드러운 음성으로든 접근해도 그 음성을 듣고 참지 못할 분노로 변하게 될 거라는 것을 알기 때문이다.

"어머니. 어떻게 해야 돼요?"

격렬하게 몸을 떨면서 울음을 터뜨린다.

앞뒤로 움직이던 흔들의자는 격렬하게 움직이는 만큼 좌우상하로 위태롭게 흔들거린다. 그런 모습을 바라보고 공포에 찬 소리로 말한다.

"더는 안 돼. 이젠 그만 생각해."

순간 떨고 있던 몸을 일으키고 그 자리에 서서 창밖을 바라본다.

동공은 이미 붉게 충혈된 상태고 입가엔 흰 거품이 일고 있다.

허공을 노려본다.

"제발 이젠 정신을 차리라고 정신을."

눈빛이 무서워 목소리가 떨린다.

"부탁이야."

두 손을 들어 목을 누르려고 달려든다. 필사적으로 손아귀를 벗어나려고 한다. 하지만 멀리 떠날 수 없어 그 위험 속에서 가슴으로 몸부림친다.

목을 두 손으로 조르다가 의미 없는 웃음을 보낸다. 웃음소리를 듣고 이제 거의 끝나간다는 것을 느낀다.

"조금만 기다리면 되는 거야."

마음속으로 참을 수 있도록 중얼거린다.

"우습지?"

목이 조여 있는 상태에서 마음속의 떨림을 들었는지 손에 힘을 뺀다.

다시 흔들의자로 가 앉는다. 눈을 감고 피로한지 흔들의자 뒤에 고정되어 있는 목 받침에 머리를 고정한다. 땀에 젖은 목과 머리를 손으로 쓸고는 곧 잠이 든다. 잠이든 시간은 이미 어두워져 있고, 앉아 있는 사각공간은 고른 숨소리만 들릴 뿐이다.

잠에서 깨지 않도록 조심스럽게 가슴속 울림을 기다린다. 깊은 우물 같은 잿빛 어둠이 유리창에 반사되어 미끄러운 질감으로 번들거린다.

얼마간 잠을 잤지만 곧 깊은 잠을 이루지 못한다. 몸을 뒤척이면

흔들의자는 허공을 움직이며 마치 숲속의 고독한 새처럼 슬프게 삐
걱댄다.

"아직 거기 있어."

부스럭대다 눈을 뜬다.

"응, 항상 곁에 있어."

두려워하는 모습을 떠올리며 안심시킨다.

"깊은 잠을 이룰 수 없어."

있다는 것으로 안심이 되는지 편안한 목소리다.

"그래도 한 시간 가량 깊이 잠들어 있었어."

피곤하다는 것을 강조하면 곧 우울증을 바꾼다는 것을 알고, 그런
생각을 말라는 투다.

"그렇게나 됐어? 한잠도 못 잔 거 같은데."

금방 죽겠다고 하더니 미안한 듯 머리를 긁적인다.

"요즘 생각이 너무 많아."

같은 편이라고 간접적으로 말한다.

"생각을 많이 하는 것도 잘못된 일인가."

중얼거리며 눈을 감는다.

"또 생각에 잠기는 거지."

깊어지는 생각이 두렵다.

"생각하는 것도 맘대로 못해."

눈을 떴다가 다시 감는다.

"사람들은 참 이상하지."

눈을 뜬다.

"뜬금없이 왜."

지겹다는 투다.

"갑자기 생각나는 것이 있어서."

신경질적으로 대꾸하자 힘이 없다.

"뭔데."

관심을 표한다.

"듣기 싫어하잖아…… 말해도 괜찮은 거야?"

명랑한 소리로 변한다.

"한 번 말해봐."

할 수 없다는 듯 눈을 끔벅거린다.

"낮에 보았던 노처녀 말이야."

조심스럽다.

"사자머리?"

관심을 가지고 있다고 표시한다.

"응"

의도를 알았는지 힘이 없다.

"사자머리가 왜."

신호등 사거리에서 신호가 바뀌기를 기다리는 사자머리를 떠올린다.

"어디 있는지 알아."

"어딘데."

"삼학동 사거리에 있는 커피숍 있지."

"아크로폴리스?"

"그래. 아크로폴리스."

"거긴 왜."

"거기서 열 살 연하의 남자를 만났을 거야."

"열 살 연하?"

"그래."

"혹시 자기가 그런 연하의 남자를 생각하는 거 아냐."

"아냐."

아니라는 말을 강조한다.

대답에서 의도를 알아차린다.

"정말 아냐."

마음을 들켰다고 생각했는지 재차 아니라고 한다.

"아니라는 걸 알아. 사자머리가 누굴 만나는데 그 사람 알고 있어?"

믿고 있다고 확신할 수 있도록 생각을 알아본다.

"그 사람을 어떻게 알겠어. 하지만 그 남자일거야."

"그 남자? 그 남자가 누군데."

"조폭 같이 생긴 그 놈."

"순이 남편?"

"아네."

"엉뚱한 생각 그만해."

표정을 상상한다.

생각이 탄로 났는지 얼굴을 붉힌다.

"아니야. 그 사람은."

강하게 자기를 부정하면서 변명한다.

뒷덜미에 주름이 두 번이나 잡힌 살점 좋은 순이 아빠를 생각하면서 순이 아빠에 대하여 너의 생각을 상상한다.

"잠은 자둬야 내일 활동하지."

상상력에 휘감겨있어 자세하게 관찰한다.

"자꾸만 상상력이 깊어져."

괴로운 듯 힘이 없다.

"떨쳐버려. 그깟 생각들 떨치기가 그렇게 힘들어?"

"할 수 있겠지. 하지만 어떤 땐 상상력 때문에 살 수 있는 것 같거든."

"근데 왜 사람들이 우습다고 한 거지."

한 토막의 상상력이 시작된 시점을 점검하려 한다.

"넌 우습지 않아. 주변 사람들 대부분 같은 생각을 하고 있거든 사자머리도 그렇고."

드디어 사자머리의 생각이 일치한다는 것을 간접적으로 인정하고 있다.

"그래?"

강하게 부정했던 생각에 대하여 알리바이를 요구하지 않는다.

소처럼 순한 큰 눈은 어둠 속에서도 마치 깊은 우물처럼 번들거리지만 어둠 때문에 얼굴의 윤곽과 시시각각으로 변하는 표정은 볼 수 없다.

"자꾸만 아이들 생각이 나네."

눈을 끔벅거리다 생각을 깊이 하려는지 눈을 감는다.

어둠 속에서 번들거리는 눈이 보이지 않자 두려운 생각이 든다.

"왜 그럴까."

괴로운 듯 자꾸만 도리질한다.

"실체 없는 사람들이야."

상상을 이 시점에서 끊어보려고 하지만 한번 빠져들기 시작한 생각이 어떤 도움으로도 끊어지지 않는다는 것을 잘 안다.

"뭐라고 하는 거야."

잘 들리지 않는지 귀를 기울인다.

"누구와 이야기하는 거야."

한번 시작되면 소용없는 줄 알면서도 상상을 바꿀 수 있는 뭔가를 찾는다.

"이곳에 누가 와 있는지 모르지."

"이곳은 너와 나뿐이야."

보이지 않지만 있다고 확신하고 있다.

"순이 또래의 아이들이야. 정말 티 없이 청순한."

옆에 왔다는 아이 쪽으로 몸을 움직인다. 그 모습이 꼭 낮에 보았던 그림자 형상이라고 생각하며 모습을 주시하기만 한다. 자꾸만 의자 옆으로 향하며 자세를 낮춘다.

"아이의 키가 작은가 보지."

생각을 유도해 내기 위해 가까이 다가간다.

"작지."

"몇 살인데."

아이가 귀에 대고 말하는지 실재처럼 아이가 있다는 쪽으로 귀를 기울인다.

"네 살이라는데."

"그래. 네 살이면 너의 앉은키와 같을 텐데……"

중얼거리듯 말하며 표정을 상상한다.

말없이 아이 쪽을 바라보고 있다.

대화가 진지한지 실재처럼 몸을 움직이며 어떤 땐 자그맣게 소리 내어 웃는다.

"재미있는 이야기인가."

웃음소리를 듣는다.

"자기 집에서 일어난 이야기를 하고 있어."

"어디서 사는 아이인데."

상상 속의 실체를 구성해본다.

"어디서 온 거야."

아이와 실제 말하는 것처럼 중얼거린다.

"저쪽이라는데."

손가락으로 북쪽을 가리킨다.

"항구가 있는 곳인데."

가늘게 떨고 있는 손가락 끝은 항구 쪽이다.

"항구 앞에 작은 가게에서 살고 있는데."

마치 옆에 있는 아이에게서 세밀하게 들은 표정이다.

"항구 앞 가게라면 예전에 살던 그곳 아냐."

"아마 한동네인가봐."

모습을 지켜보며 상상 속을 생각한다.

앞이 툭 트인 금강하구. 늘 그 강은 은빛이다. 길게 역 쪽으로 뻗어나간 레일이 한 쌍의 곡선을 이루며 안갯속으로 숨어 있고, 마치 한 마리의 갈매기가 먹이를 찾아 강 위를 떠다니듯 자세를 유지하며 두

팔을 벌리고 철길 위를 걷는다. 늘 그렇게 혼자 놀기를 좋아한다. 철길을 따라 잠시 안갯속으로 사라졌다가 다른 철길로 다가오는 것이 보인다. 그러다가 철길을 횡단해 깃발이 펄럭이는 국기게양대 쪽으로 발길을 돌린다. 해변에 설치되어 있는 국기게양대 위의 국기는 항상 찢어질 듯 펄럭인다. 그 앞에 쭈그리고 앉아 물길을 바라본다. 빠른 물소리다. 물소리를 들으며 머리를 감던 어머니의 모습을 떠올린다. 두 손으로 자꾸만 머리에 물을 뿌리던 소리와 바다 쪽으로 흐르는 강물 소리가 동일하다 생각한다. 또래의 친구가 하나쯤 있었으면 하고 생각하며 땅바닥에 친구의 얼굴을 그려본다.

배 한 척이 지나가자 항구의 가장자리에 묶여 있는 배들이 마치 잘 가라는 듯 일제히 머리를 끄덕인다. 썰물의 물살을 받아서인지 배는 빠르게 미끄러지고 그 모습을 생각 없이 바라본다. 그때 선원 하나가 배에서 내려와 부둣가로 걸어 나온다. 그가 올라오고 있는 부잔교는 지나간 배 때문인지 아직도 항구의 고즈넉한 분위기를 깨듯 삐걱거린다. 그 소리가 마치 새끼를 찾아다니는 괭이갈매기 소리처럼 들린다.

"아…… 죽겠어 그만. 그만."

갑자기 무릎에 얼굴을 묻는다.

"왜 그래."

괴로워하는 모습을 지켜본다.

"좀 내버려 둬."

손으로 머리를 감싸고 거칠게 도리질한다. 이 순간은 침묵하는 것이 가장 좋은 방법이다.

한동안 괴상스런 목소리를 내고는 지쳤는지 머리를 흔들의자의 목걸이에 지탱한다.

"이제 침대로 가자. 그래야 내일 또 이야기를 나눌게 아냐."

발작이 두려워 조심스럽다.

잠시 반응을 지켜보다 조심스럽게 의자에서 몸을 일으킨다.

생각이 깊었는지 힘없이 따라온다. 침대로 향하며 또 어떤 상상에 사로잡히지 않도록 조심한다. 침대에 누워 있으면 깊은 수렁 속으로 빠져버리는 잠을 생각한다. 어둠 속 죽음 같은 깊은 잠을 자두면 아침은 정말 상쾌하다.

잠이 오지 않는지 자꾸만 침대 위에서 뒤척거린다.

"왜. 잠이 안 와."

뒤척이는 행동을 바라본다.

"미치겠어."

불면이 고통스런지 두 손으로 머리를 감싼다.

"참아보지 그래."

수면제를 줘도 되지만 되도록 혼자 참아보길 기대한다.

"안 돼! 뜻대로 안된다고."

기어코 소리를 지르고 만다.

"약을 먹자. 어쩔 수 없잖아. 고통을 곁에서 바라보기도 힘들어."

천천히 침대 맡에 둔 약봉지를 꺼낸다. 한동안 약봉지를 바라보며 먹어야 하나 망설이다 하얀 알약 두 알을 입에 넣는다.

"이젠 됐어. 깊이 잠이 들 거야."

혼잣말로 중얼거린다.

깊은 잠 속으로 빠져 들어가는 고른 숨소리가 감미로운 휴식 같다.

2

　너의 얼굴을 바라보고 있으면 백짓장 같은 느낌을 받는다. 아침 햇살이 눈부시게 유리창에 부서지지만 아직 잠에 취해있다. 어제 저녁 불면증으로 인한 고통을 말해주듯 머리는 까치집처럼 흩어져 있다.

　눈 아래에 얼룩져 있는 눈물자국을 바라본다. 자고 있는 모습 또한 슬픈 형상이다. 창백한 볼에 복숭아털이 햇빛을 받아 서늘한 느낌을 준다.

　"그래 좀 놔둬야겠어."

　곤한 잠자리를 바라보다 깊숙한 곳에 차지하고 있는 슬픈 표정이 무엇을 상징하는지 생각에 몰두한다. 정오가 다 되어서야 비로소 꿈틀댄다.

"아. 지금이 몇 시야."

눈이 부신지 얼굴을 찡그린다.

"열두 시가 다 됐어."

시계를 찾는 행동을 바라본다.

"너무 오래 잤어."

침대에서 내려와 거실로 나간다.

마치 호수에 떠 있는 한 마리의 백조 같은 텅 빈 흔들의자가 거실 한복판에서 기다리고 있다.

"얼굴도 씻고. 머리를 봐, 까치가 자기 집이라 착각할 정도다."

"누가 보는 것도 아닌데 귀찮게 하지 마."

흔들의자에 앉는다.

"흔들의자를 빼내든지 해야지."

모습을 훔쳐본다.

기분이 좋은 상태다. 기분이 좋으면 화낼 일도 화를 내지 않고 모든 것에 관대하다.

"알았어. 얼굴만 씻으면 되는 거잖아."

조심스럽게 욕실 문을 열고 안을 한 번 바라본 후 천천히 들어간다.

항상 욕실로 들어갈 때면 그 속에 무엇이 있는지 주의 깊게 살핀다. 그 일이 습관적이라 이해하겠지만 습관 안에 과거의 그림자가 있다는 것을 너는 모른다.

물소리가 들린다. 아마 얼굴만 씻지 않고 머리도 감을 것이고, 물이 따뜻하기 때문에 창백한 볼이 잠시 동안 도화빛이 돌 것이다.

밖으로 나가기를 꺼려한다. 지난겨울 동안 집 밖으로 나간 날이 열 손가락으로 세면 손가락이 남을 거니까. 항상 같이 있기를 즐기고 이야기하는 것을 가장 행복해 한다.

정오의 햇빛이 남쪽으로 난 창으로 들어와 금을 그린다. 곱게 차려 입고 자유롭게 밖으로 나가기를 기다린다. 오늘은 그럴 가능성이 많은 날이다.

"정말 기분이 상쾌하다."

수건을 머리에 쓰고 욕실에서 나온다.

"거봐 얼굴을 씻고 몸을 씻으면 기분으로 연결된다고."

표정을 봐가며 말하지만 조심스럽다.

"오늘 한 번 외출해 볼까."

원하는 것이 외출이라는 것을 알았는지 거울을 통해 자신을 똑바로 바라보며 웃는다.

"그럴까."

기분이 얼마나 들떠있는지 알아 볼 겸 마지못해서 따라가는 사람처럼 행동한다.

"어제 사자머리가 갔었을 그 아크로폴리스로 가볼까?"

표정을 훔쳐본다.

"한 번이라도 가본 거야?"

시치미를 떼고 말한다.

"왜 그래? 가본 적이 있잖아."

일 년이 넘는 그때의 일을 기억하고 있다.

"다 잊어버렸어. 혹시 실내 분위기라도 말해 준다면 몰라도."

기억력이 얼마나 되는지 시험한다.

"실내 분위기?"

하얀 수건으로 머리의 물기를 털다가 잠시 손을 멈춘다.

"통 생각이 나지 않아."

흔들의자로 가 앉는다.

"여기 앉으면 생각날 거야."

수건을 머리에 쓴 채 눈을 감는다.

"입구에 서면 자동문이 스르르 열리고, 그 안으로 들어가면 플라톤과 아리스토텔레스가 이야기를 하며 계단 쪽으로 나오는 장면이 눈앞에 펼쳐지지. 그 밑으론 누더기를 걸친 디오게네스가 있고, 그 밑으로 피타고라스와 당대의 유명한 예술가와 철학자들이 어울려 떠들고 있지. 여기까지 말해도 생각이 안 나?"

그때서야 눈을 뜨고 거울을 통해 바라본다.

"그 그림은 라파엘로가 그린 아테네학당이란 그림인데 기억이 날 듯도 한데…… 계속이어서 말해봐."

기억력에 놀랐지만 표정을 감춘다.

"좌우로 들어갈 수 있도록 만들어진 안쪽 문이 있지. 그 문은 검은색 유리로 되어 있고 안에서는 밖을 볼 수 있으나 밖에서는 안을 잘볼 수 없는 유리로 되어 있는 문이지. 그 문을 밀면 고전풍으로 만든 열여섯 개의 테이블과 유럽풍의 의자가 네 개씩 놓여 있지. 테이블 위에는 살구빛으로 물든 테이블보가 놓여 있고, 동쪽으로 난 벽은 온통 투명 유리창으로 되어 있고 남쪽과 북쪽엔 검은 유리로 장식되어 있지. 검은 유리장식은 사각으로 만들어 붙여 놓았는데 사각 모양 안에는 대각선으로 유리가 잘려져 있어 네 개의 삼각형이 들어있지 그 삼각형의 끝이 볼록하게 튀어나와 실내를 마치 볼록거울을 통하여 보는 것 같은 느낌이 들어. 이제 생각나지."

실내의 분위기를 빠짐없이 기억한다.

"오늘 그곳으로 가면 어떻게 하려고."

기분 좋은 표정을 하고 있는 얼굴을 바라본다.

"사자머리가 앉았던 자리를 찾아가는 거야.

어떤 의도가 있는지 서슴지 않고 말한다.

"사자머리가 앉아 있는 자리를 알 수 있어?"

눈을 동그랗게 뜨고, 의도가 무엇인지 알고 싶어 묻는다.

"알 수 있어."

수건으로 머리를 턴다.

"그럴까."

좀처럼 마음속에 있는 것을 털어놓지 않자 중얼거린다.

"무얼 입을까."

겨우내 외출하지 않아 어떤 옷을 입을지 망설인다.

당연하다는 듯 다음 행동을 주시한다. 우선 오 단으로 되어 있는 서랍장 맨 위를 연다. 그곳이 속옷이 있는 곳이라는 것을 잘 알고 있다.

"어떤 것으로 입을까."

배추 수확이 끝난 들판에 시들어진 배춧잎처럼 말려 있는 팬티를 이것저것 고른다. 팬티가 말려 있어도 입던 것이라 그 안에 있는 무늬를 알 것이지만 고르는 모습만 지켜보고 있을 뿐이다.

"새 팬티가 왜 필요하지."

들을 만한 소리로 중얼거린다. 대답하기 싫으면 대답 안 해도 된다는 생각에서다. 대꾸를 하지 않고 이것저것 내놓고 마땅한 것을 고른다.

"이거면 되겠어."

말려 있는 팬티를 펴면서 겸연쩍은 미소를 한다.

"어떤 무늬인데."

"장미. 장미가 한 송이 있는 거야. 정확히 음부에 그려져 있어."

무늬가 잘 보일 수 있도록 말려 있는 팬티를 펼친다.

"정말 새빨간 장미네."

들고 있는 팬티의 그림을 자세히 관찰한다.

"멋있어?"

"그런데 왠지 서글픈 모습이네."

막 피어난 장미의 그림을 보면서 생각을 알아본다.

"정말?"

다시 장미를 바라본다.

"그럼 싫어."

다시 고른다.

"이걸로 하겠어."

구겨진 팬티를 펼쳐보고는 묻지도 않고 결정해 버린다. 연한 청색 무늬의 팬티다.

언제나 무채색을 좋아한다. 스타킹은 회색이 주류이고, 즐겨 입는 옷 또한 연회색이다. 입었던 팬티를 욕실로 벗어 던지고 팬티를 입는다.

"이제 어떤 것으로 입지."

다시 심사숙고한다.

그런 모습에 지쳐 행동을 바라보기만 한다. 외출 준비를 하는데도 서둘러 한 시간이 걸린다. 옷을 다 입고 숄더백을 어깨에 걸쳤을 땐 오후 2시가 넘은 시간이다.

"좀 길었지."

"좀이 아냐."

"오랜만의 외출이니 그럴 만도 하지."

이해해 달라는 투다.

짧은 청색 치마에 연보라색 겉옷을 걸쳤고. 안에는 코발트색 붓꽃이 선명하게 그려진 블라우스를 입었다.

"어울리네."

모습을 보면서 치켜세운다.

변두리라 그런지 거리는 한산하다.

사자머리의 여자가 그랬던 것처럼 신호대 앞에서 도도하게 앞만 바라보고 서 있다.

신호가 바뀌고 음악 소리가 나자 길을 횡단한다. 길을 건너는 사람은 혼자다.

미원동 사거리를 지나 오 분 가까이 걸어 삼학동 사거리에 도착한다. 지나온 길을 돌아보니 가지가 모두 잘려 몽달귀신 같은 플라타너스가 일렬로 늘어서 있다. 아크로폴리스 앞에 서서 망설인다.

"뭐해 들어가지 않고."

빨리 들여보내려 한다.

"내부가 바뀌었을지 몰라."

그 자리에 서서 유리문 너머의 모습을 살피지만 아무것도 보이지 않는다.

"들어가 봐. 어때."

망설이자 다그친다.

마지못해 한 걸음 다가가자 자동문이 스르르 움직인다.

불안한 모습으로 안으로 들어서자 플라톤과 아리스토텔레스가 이야기하면서 걸어 나오고 있다. 막 계단 앞으로 걸어 나오는 두 거인을 보고 뒤로 한 걸음 물러선다.

"왜 그래."

큰물고기가 낚싯밥 속에 감추어진 바늘을 뱉어내듯 소스라치며 다시 한 걸음 물러선다.

"저 사람들 봐."

앞으로 다가선다.

"왜."

"웃기게 생기지 않았어."

"고명한 철학자들이야."

한동안 그림을 바라보다가 안으로 들어간다.

문 앞에 있던 검은 양복을 깔끔하게 차려입은 소년이 깊숙이 고개를 숙인다.

그 자리에 서서 홀을 한 바퀴 둘러보고는 가장자리에 있는 테이블로 향한다. 그 테이블은 벽과 넓은 창문이 만나는 지점에 있어 창밖을 바라보기에 전망이 좋은 곳이지만 한쪽만 바라볼 수 있는 것이 단점이다.

"이곳이 맞아."

"이곳에서 그 남자와 만났을 거야. 이쪽은 남자가 앉아 있던 자리이고 그 쪽이 사자머리 노처녀가 앉아 있던 자리야."

마치 본 것처럼 확신에 찬 얼굴이다.

"어떻게 단정할 수 있어."

추리력이 어떤 근거에서 나왔는지 되 짚어본다.

"사자머리는 조심성이 없어 보이지만 주도면밀하지."

추측이 과학적인 근거가 있다는 표정이다.

"이것과 주도면밀한 것과 어떻게 다른 거야."

"그쪽은 창을 옆으로 등지고 앉아 있어서 밖의 사람들을 잘 볼 수가 없는 곳이고, 이쪽은 먼 거리에서 다가오는 사람을 다 볼 수가 있거든."

꽤 과학적이라고 설명한다.

"뭘 주문하실 건가요."

깜짝 놀라며 웨이터를 바라본다.

컵에 물을 따르던 웨이터가 자기가 잘못한 것이 있나 놀란다.

"주스가 좋아요. 토마토 주스로…… 아니 오렌지 주스로 주세요."

웨이터가 주문한 것을 메모지에 기록하고 테이블 위에 내려놓는다.

창밖으론 사람들이 지나간다. 이른 봄이라 그런지 사람들의 옷은 아직 투박하고 검은색 톤이 절반이 넘는다. 창밖을 바라보며 뭔가를 상상한다.

"너무 상상에 빠지지 마."

주의를 주듯 말한다.

창밖을 응시하고 있는 사이 웨이터가 다가와 주스를 조심스럽게 내려놓고 간다. 깔때기 모양의 컵에 담긴 개나리꽃 같은 주스를 바라본다. 투명한 물컵과 나란히 서 있는 주스 컵이 마치 부부 같다 생각한다.

"여기 앉아 있으니 어때."

어떤 생각에 깊이 빠지지 않도록 말을 건다.

"가고 싶어지네."

그 말을 해 놓고 우울한 표정으로 바뀐다.

"어딜."

왜 싫증을 느끼는지 상상한다.

"집으로."

주스 컵을 내려본다.

"모처럼 기분 좋게 나왔잖아."

진짜 이유를 알아본다.

"하지만 기분이 나빠졌어."

"주스는 마셔야지."

주스 컵으로 손을 내밀다가 물컵으로 간다. 물컵을 들자 유리컵 속에든 물이 출렁인다.

"유리컵 속에서 출렁거리는 물 좀 봐."

흥미로운지 유리컵을 흔든다. 입가에 미소가 피어나고 진지하다.

다시 우울해지지 않기를 바라며 모습을 지켜보기만 한다.

사자머리 노처녀와 같이 앉아 있던 남자의 모습을 떠올릴 것이다. 그렇게 되면 마음의 변화를 세밀하게 읽어야 할 것이고, 생각 말미엔 흥분하지 않도록 해야 한다. 창밖은 벌써 어둑해진다. 시간은 아랑곳하지 않고 테이블 위에 놓여 있는 컵과 차를 위해 준비해둔 여러 종류의 그릇으로 놀이에만 열중한다. 그 모습을 보며 불러내 놀고 싶어 한다는 아이들을 떠올려본다. 그 아이들과 어떤 동질성이 있을 것이라 단정한다.

유리컵 속에서 출렁이는 은빛 투명한 물빛을 바라보며 주스 컵을 들어 조금 마시고는 다시 내려놓는다. 머릿속이 갑작스럽게 요동하기 시작한 것은 그때부터이다. 물컵을 들고 있는 손이 조금 떨리자 다시 내려놓고는 주스 컵을 든다. 역시 떨고 있다.

생각이 아이들의 이미지로부터 이미 멀어져 가고 있다는 것을 직감한다. 이마에 송골송골 땀방울이 피어올라 불빛에 반짝인다. 실내에 매달려 있는 둥근 달처럼 노랗고 탐스런 조명등이 더욱 커 보인다.

"이제 어두워졌어."

집에 갈 시간이라는 것을 인식시켜준다.

그때서야 창밖을 바라본다.

이미 어두워진 창밖은 사람들의 통행이 뜸하다. 가끔씩 해풍이 작은 비닐조각을 몰고 지나간다.

"조금만 더 있다가 가."

손으로 이마에 있는 땀을 닦는다.

"지금은 무얼 생각하는 거야."

생각이 무엇인지 알고 있지만 반응이 좋지 않게 나타나고 있다는 것을 암시적으로 표시한다.

"자꾸만 아이들이 말을 걸어와."

지겨운 표정을 하다가 다시 눈을 감는다.

"사람들은 참 이상스러워."

생각이 깊어지고 있다는 반증이기도 한 말이다.

"이곳을 떠났던 적 있어?"

생각을 바꿔 보려고 한다.

"이곳. 군산 말이야?"

아이들과 잠시 대화를 끊는다.

"응."

걸려들고 있다는 것을 느낀다.

"네 살 때 처음 떠났지. 이곳에서 약 한 시간 남짓 걸리는 곳으로, 그때는 두 시간 정도는 넉넉히 걸리는 길이었지만 지금은 새로운 길이 생겼다. 그때 우리는 황등을 지나 삼기로 이사했어. 아버지는 그곳에 있는 작은 교회에서 일했지. 황토구릉 위에 높게 지어진 교회였어. 그곳 구릉 위에는 높게 바람이 불었지. 하늘에는 조각구름이 많았고, 조각구름을 보며 십자가를 보면 십자가가 자꾸만 하늘로 빨려 올라가는 느낌이 들곤 했어."

유년의 기억을 떠올린다.

"봄날엔 흙먼지를 일으키는 바람이 많이 불어왔고, 바람은 종탑 위의 십자가에서 매일같이 윙윙 울어댔어. 구릉을 내려가면 조그만 마을에 집들이 옹기종기 모여 있고…… 그곳으로 가려면 시간이 꽤 걸렸지. 대나무 울타리를 지나 외딴집을 지날 때는 정말 조심스럽게 지나가야 했어. 그 집엔 사나운 개가 있었거든. 어머니는 마을로 내려가는 것을 싫어했지. 집에서 나와 둘이서 이야기하는 것을 무척이나 좋아했고."

어머니가 떠오르는지 창밖으로 눈을 돌려 잠시 생각에 잠긴다.

"그때 아버지는 무얼 하고 계셨어."

다른 생각을 못하도록 한다.

"그때 교회 일을 했지. 적극적이었어. 부흥을 위해 얼마 되지 않은 성도들과 주위에 있는 동네를 매일같이 돌았어. 바쁜 일이 있으면 손발을 걷고 같이 일을 했지."

"그렇게 하니까 사람들이 많이 모여?"

"능력이 있었는지 사람들이 감동을 받았는지 사람들이 한두 명씩 늘었고, 급기야 한동네 사람들이 전부 교회에 다녔지."

"능력이 있으신 분이네."

"그땐 외톨이였어."

물을 마신다.

"그래도 어머니가 있었으니까……"

유년의 기억을 좀 더 세밀하게 알고 싶어 생각을 유도한다.

"이건 비밀인데."

어떤 이야깃거리를 찾았는지 입가에 미소를 흘린다.

"어떤 건데."

"교회가면 헌금함이 있어."

"헌금함?"

"교회에 들어올 때 돈을 내는 것이지."

"봤어."

"함 속에는 얼마 되지 않지만 동전도 있고 천 원짜리 지폐도 있지. 만 원짜린 항상 봉투에 담겨져 있거든."

"네가 말하려는 것을 알고 있어."

"뭔데."

"그 돈을 훔친 거 아냐."

그 말을 하자 놀란다.

"어떻게 그걸 알아."

"말하기를 꺼려하고 있는 것을 보면 알 수 있어."

"제법인데."

말을 멈추고 해야 할 말을 떠올린다.

"시시해."

마음속을 채우고 있는 음흉한 진실 같은 걸 끄집어내려 한다.

"왜 그렇게 바라봐."

얼굴을 똑바로 바라보고 있자 감추려고 했던 어떤 것을 알고 있다 생각되는지 당황한다.

"다른 뜻은 없어."

당황하고 있는 얼굴을 바라본다.

"이런 것도 말해야 되나."

얼굴을 똑바로 바라 볼 수 없었던지 시선을 테이블 위로 돌린다.

"어떤 건데."

다가앉는다.

"어렸을 적 말이야."

망설이다 겨우 말한다.

"어떤 건데. 답답하네."

생각이 변할 수 있다 생각하고 다그친다.

"아버지 이야기인데."

"아버지 말이야?"

그 말을 해놓고 당황해 하는 모습을 보면서 아무렇지 않다는 표정으로 바라본다.

"그만 둬야겠어. 그 일은 혼자만 간직하고 있어도 벅찬 일인데……"

더 이상 비밀을 말하라고 하는 것은 고통을 줄 뿐이라 생각하고 모습만 바라본다.

"벌써 날이 저물었네."

창밖으로 시선을 돌린다.

"밖은 아직 찬바람이 불거야. 저걸 보라고 먼지가 날리는 저걸 말이야."

춥다는 것을 강조하며 마음이 평온하기를 기다린다.

"벽에 있는 유리 무늬를 보았어?"

벽을 바라본다.

"보았지. 왜?"

"저 웨이터를 봐."

유리장식 속의 웨이터를 바라본다.

"웨이터가 어째서."

바라보고 있는 유리장식을 바라본다.

"모르겠어?"

눈을 똑바로 바라본다.

"뭔데."

"이 장식으로 사물을 바라보면 전부 조각나 있어. 꼭 마음속에 있는 조각난 생각처럼."

그 말을 하고는 뚫어져라 유리장식을 바라본다.

"참 우습네. 이제야 이 무늬 속의 사물을 바라보았어."

한동안 바라보고 있는 유리장식을 바라본다.

"밖으로 나가야겠어. 장소가 너무 좁다 생각이 들어."

갑자기 그렇게 말하고 자리에서 일어선다.

오랫동안 기다린 웨이터가 뒤를 따라 간다.

계산대로 곧장 가 계산을 하고는 밖으로 나간다.

바람이 불었지만 바람 끝은 차갑지 않다. 왔던 길을 빠르게 걸어 돌아간다. 주변의 일어나는 상황 따위는 안중에 없고 오르지 목표를 향해 달려가는 마라토너와 같다.

"그렇게 빨리 가려 하지 말고 저기 좀 봐."

신호등에 멈춰 서자 서쪽 하늘로 기울고 있는 달을 가리킨다.

코발트색 위에 초승달이 선명하다.

"초승달이잖아."

"맞아 초승달."

"초승달이 저렇게 밝은 줄 몰랐어."

서쪽 하늘의 초승달 위로는 꼭 실로 매달아 놓은 듯 밝은 별이 적당한 간격을 유지하고 있다. 초승달을 바라보느라 신호가 바뀌었는지 모른다.

"녹색 신호야."

어린아이처럼 천진한 모습이다.

"조금만 더 보고가."

그 자리에 서서 서쪽 하늘을 계속 바라본다. 신호가 몇 번 바뀐 후에서야 비로소 길을 건넌다.

"저 달이 낮부터 있었다는 것을 알아?"

"그럼 낮에도 있었던 달이야."

"그래. 그러니까 이 시간에 서쪽에 기울어 있지."

"왜 그걸 못 보았을까?"

잠시 생각에 잠긴다.

상상 속에서 무엇이 튀어나올지 몰라 생각을 다른 것으로 유도한다.

"사람들이 이상스럽게 바라보더라."

"어때서 보고 싶을 땐 봐야지 사람들의 시선이 두려워? 참 우리집 창에서 저 달을 볼 수 있을까."

"그럼. 어제도 보았는데."

"그래. 왜 저렇게 아름다운 달을 보지 못했을까."

빨리 집에가 달을 바라보려는지 빠른 걸음을 한다.

"저 달은 낮에도 있었어. 푸른 하늘에 하얗게."

뒤를 따른다.

집에 도착하자마자 서쪽 창을 열고 창밖을 바라본다. 서쪽 하늘에 길게 누운 초승달이 환하게 보인다.

"왜 저 달을 보지 못했을까."

혼잣말을 하고는 흔들의자를 서쪽 창쪽으로 가져가 앉는다.

달이 기울고 있는 모습을 뚫어져라 바라본다. 또 견디기 힘든 생각 속으로 빠져들까 봐 달을 바라보며 생각에 잠긴 표정의 변화를 살핀다. 한동안 평화스러운 모습을 유지한다. 이때가 가장 위험한 때라는 것을 알고 있다.

"저렇게 밝은 달을 자주 보았어."

갑자기 생각 속에 감추어진 달의 모습을 생각한다.

"황토구릉 위에서 보면 달은 항상 머리 위에서 놀았어. 그리고 새벽 종소리가 들리면 달은 서쪽 하늘 끝에 있는 전기철탑에 한동안 매달려 있었지."

"새벽에도 일어났어."

"그럼."

"왜."

"아버지 때문이지."

"아버지가 일으켰나."

"어머니가 일으켰지만 아버지가 일으킨 거나 마찬가지야."

"왜."

"일어나지 않으면 어머니가 혼이 났으니까."

"어머니도 혼이 나나."

"그럼 아버진 철저했으니까."

"그래."

아버지를 잘 알고 있다는 표정을 한다.

"지금 생각해보면 우스운 일이지만 그때 그 황토구릉 밑의 사람들에게는 그게 통했어."

조소에 가까운 미소를 한다.

"무엇이 통했을까."

마음을 알 수 있었지만 직접 말할 수 있게 모르는 척 묻는다.

"아버지가 얼마나 설득력이 있었던지 미신만 쫓던 마을 사람들이 전부 예수를 믿은 것이지. 예배당으로 끌어 모으기는 했지만 사람들의 마음이 통합되지는 않았지. 그 일로 나를 이용한 거야. 하나뿐인 어린아이도 새벽 예배에 나온다고."

"어린아이의 새벽 예배 참여와 교회의 통솔과 어떤 상관관계가 있지."

모르는 척한다.

"참 바보야. 아직도 모르겠어."

"글쎄. 알 것 같다가도……"

확실한 표정을 하지 않는다.

"생각해봐 아무것도 모르는 어린아이가 새벽 예배에 나오는데 예수를 믿으려고 작정한 사람들이 새벽 예배에 나오지 않으면 되겠냐는 무언의 협박 비슷한 거지."

"점점 더 어려워."

뒷말은 새벽부터 신이란 존재를 이용해 사람들의 마음을 사로잡아 꼼짝 못하게 해놓고 존재들의 자아를 마음대로 움직였다 이거 아닌가. 하지만 모르는 척하며 말을 유도한다.

"사람들은 처음에는 사랑과 평강의 신이었던 예수가 점점 진노의

신으로 변해가는 것을 모르고 깊숙이 더욱 깊숙이 빠져 들었어."

"그게 새벽 예배의 목표였나."

"그렇지. 예수님 뒤에 하나님이 있는 것과 같이 예수님 뒤에 아버지가 있었지. 일사분란했어."

"그렇게 되었어."

이제야 알았다는 듯 고개를 끄덕인다.

"오 년 만에 그곳에서 나왔지."

"시골 교회로 한 번 부임하면 오랫동안 빠져 나오지 못한다는데 어떻게 그렇게 빨리 나왔을까."

"경제적인 지원을 하던 교회의 장로들이 분기별로 찾아오는데 부흥이 된 교회를 보고 능력을 높게 평가한 것이지."

"평가를 어떻게 하는데."

불만스러운 표정을 본다.

"피상적이긴 하지만 겉으로 보아서 성도들이 일사분란하게 잘 따르고 있으면 좋게 보거든."

그렇게 말하고는 눈을 감아 버린다.

"그때 어린나이인데 어떻게 그런 판단을 할 수 있었나."

아버지에 대한 불만의 시발이 어디서부터인지 판단한다.

"그때는 몰랐어. 이제야 생각해 보니 그렇다는 거야."

아버지에 대한 불만을 어떻게 해서든 꺼내 보려고 계속 말을 시킨다.

"생각이 다 옳다고는 할 수 없어. 전혀 다른 견해를 내세우는 사람이 분명있을 거니까."

생각에 대하여 완곡하게나마 부정적인 표현을 한다.

"그럴까."

눈을 감아 버린다.

기분이 상하는지 거칠게 흔들의자를 흔들고 있고, 그때부터 입을 열지 않는다. 그 모습만 옆에서 바라볼 뿐 더는 대답을 요구하지 않는다. 이런 땐 이 방법밖에는 없다는 것을 그간의 경험에서 잘 알고 있기 때문이다. 얼마 후 어떤 생각에 다시 사로잡힐 것이고, 그 생각의 깊이가 깊어 질 때 또 개입해야 한다고 생각한다.

"아…… 안 돼."

신음한다.

유심히 바라보니 먹장같이 검은 눈 주위로 약간의 눈물이 고여 반짝인다.

"달이 서산으로 지네."

생각을 다른 곳으로 돌려볼 생각으로 말을 걸어본다.

"벌써."

눈을 감고 어떤 생각에 잠겨 있다가 달이 생각나는지 눈을 뜬다.

"……이야기가 엉뚱한 방향으로 흘렀어."

변명한다.

"어떤?"

잊고 있었다는 표정이다.

"우린 아버지에 대하여 이야기를 하고 있었는데 어느새 교회 이야기로 돌아가 버렸으니…… 나 참 한심하지."

조심스럽게 눈치를 살핀다.

"그랬었지. 우리 아버지와의 관계를 이야기하려 했었는데."

다시 생각에 잠긴다.

생각의 정점이 아버지라는 것을 상기시키려고 말하기를 기다린다.

"자꾸만 다른 생각이 떠올라."

아버지와의 관계를 끝까지 숨기려고 한다.

"어떤 생각."

"황토구릉의 교회와 아랫마을 사람들의 모습."

"아버지 생각은."

"생각하기 싫어."

정확하게 대답한다.

아버지의 일을 생각하기 싫은 것이다.

"왜."

"이유는 묻지 마."

오늘은 더 이상 좋은 답을 얻을 수 없다는 것을 안다.

"달이 이미 서쪽 건물 사이로 숨어 버렸어."

잠이나 자자는 투다.

"저 건물 뒤로 달려가면 볼 수 있겠지."

어린아이처럼 눈을 초롱초롱 반짝이며 서쪽을 바라본다.

"아마 다 졌을 거야. 그리고 저기 서쪽에 있는 저 건물까지 달려가려면 삼십 분은 족히 걸리는 거리야."

초롱초롱한 눈을 바라본다.

"그럼 이제 자야 되는 거야."

"그럼. 뭘 하겠어."

힘없이 눈을 감고 흔들의자에 앉아 흔들거린다.

"어둠은 정말 싫어."

혼잣말을 한다.

"왜."

생각을 빠르게 유도시켜 본다.

"잠이 오지 않아서."

생각대로 단순하게 대답한다.

원했던 대답이라 가슴이 뛴다.

"생각들을 떨쳐버려."

빠르게 다가간다.

"어떤 생각."

단순하게 말했지만 주변에서 일어나는 상황들이 순식간에 머릿속을 스쳐지나간다.

"지금 떠오르는 생각들."

지금을 강조한다. 과거에 있었던 일들이 지금으로서는 유의미한 것들이다.

"안 돼. 그게 그렇게 쉽게 되겠어."

자신을 부정한다.

"……할 수 있다 생각해봐."

다시 용기를 불러일으킨다.

"참 쉽게 말하더라."

다시 주저한다.

"따라서 해볼래."

다시 태도를 관찰한다.

"어떻게."

흥미를 보인다.

"할 수 있어 이깟 것들은 다 헛것들이고 환상일 뿐이라고."

사이코드라마에서 강사가 했던 말을 상기한다.

"뭐하는 거야."

우습고 하찮은 거라 말한다.

"그대로 따라 해봐."

다시 바라본다.

"내가 유치원생이야."

그럴수록 더욱 부정한다.

"소원이야. 따라 해봐."

사정하듯 바라본다.

"그럴까."

사정하자 어쩔 수 없다는 듯 수긍한다.

"할 수 있어. 이깟 것들 다 헛것들이고 환상일 뿐이야."

잊어버렸을 것으로 생각하고 다시 요구한다.

"할 수 있어. 이깟 것들 다 헛것들이고 환상일 뿐이야"

마지못해 따라 한다.

"할 수 있어. 이깟 것들 다 헛것들이고 환상일 뿐이야."

더 크고 또박또박한 소리다.

몇 번을 또박또박 따라 한다.

어느 순간 울음이 섞여 있고, 울음 섞인 목소리를 듣고 말을 멈춘다.

"왜 그래."

걱정스런 얼굴로 바라본다.

"할 수 있어 정말이야."

천사 같은 눈망울을 바라본다.

"힘들지."

슬픈 표정을 한다.

사위가 어두웠지만 눈동자가 먼 곳에서 가끔씩 흘러들어오는 불빛에 마치 어둠 속에서 본 깊은 우물 같이 번들거린다. 눈치를 보며 흔들의자에서 내려온다.

"이제 침대로 가야겠어."

피곤해 보이는지 침대 쪽으로 걸어간다.

"오늘은 약을 먹지 않아도 잘 수 있어?"

저녁 내내 눈치를 보며 숨을 죽일 것이다.

"한 번 참아 볼 거야."

말은 하지만 의지로는 안 된다는 것을 알고 있다.

"알았어. 최대한 노력해 봐 그리고 정 안 될 땐 최후 수단으로 수면제를 먹자고."

침대 위로 올라가 눕는 것을 바라본다.

"걱정은 마. 오늘 보니 너무 피곤한 것 같아. 다 나 때문이지만……"

듣기 싫은지 이불을 둘러쓴다.

창밖으로 희미하게 별이 보이고 하늘 한복판으로 먼 곳을 지나는 자동차의 전조등이 마치 영화관에서 본 빛의 기둥처럼 보인다.

가끔씩 이불을 뒤척인다. 오늘도 잠을 못 이룰 것이고, 내일 아침의 창백한 햇빛은 너를 괴롭힐 것이다.

일어나 서랍에서 하얀 알약 두 알을 꺼내고 수도꼭지를 열어 유리컵에 물을 받는다.

물소리를 듣고 고개를 이불 속에서 마치 거북이가 목을 내밀 듯 얼굴을 내민다. 다가가자 침대에서 일어나 앉는다. 말없이 손바닥에 하얀 알약을 내려놓고 물을 건넨다. 능숙하게 알약을 입에 털어 넣고 물을 마신다.

이불 속으로 들어가는 것을 보고는 곁에 앉는다. 눈을 감고 오늘의 일을 생각한다. 아침부터 생각대로 움직였다. 누구든 행동을 부자연스럽게 본 사람은 없었을 것이지만 나만 행동을 부자연스럽게 보고 있다.

오늘은 약이 생각의 틈으로 틈입해 느낌을 자연스럽게 유도하는 것들의 속박에서 벗어나게 할 것이다. 약 기운이 몸을 나른하게 하고 깊은 수렁 속으로 떨어진다. 고른 숨소리를 들으며 눈을 감는다.

3

약 기운이 다 되었는지 새벽부터 몸을 뒤척인다. 어둠 속에서도 창백한 얼굴이 허옇게 보인다. 창가로 가 창문을 열고 새벽공기를 들이켠다. 동이 트는지 새벽별이 불면에 지친 모습처럼 빛을 잃어간다.

앉아 생각에 잠겨 있곤 하던 흔들의자에 앉아본다. 움직일수록 편안한 흔들의자는 어떤 일을 생각하기에 안성맞춤이다.

머릿속을 떠나지 않는 주변 어린아이들의 모습을 하나하나 떠올려본다. 바람이 들지 않는 항구의 창고 남쪽 벽에 기대앉은 어린아이들이 멀리로 떠나가는 선박을 향해 얼굴을 내밀고 바라본다. 아이들의 눈에는 갈매기가 날고 있는 녹색의 바다에 떠 있는 나지막한 배들이 보인다.

아이들의 얼굴은 창고 앞 석탄 야적장을 지나와서 그런지 검은 석탄가루가 묻어 있다. 한 아이가 친구의 검댕이가 묻은 얼굴을 보고 까르르대며 웃고 아이들을 번갈아 바라본다.

"이게 뭐니."

물수건으로 얼굴이 아플 정도로 빡빡 문지르는 어머니를 떠올린다.

"뭐하는 거야. 내 자리에 앉아서."

헝클어진 머리를 손으로 쓴다.

"앉아 어떤 생각에 잠겨 있나 생각해 보았어."

자리에서 일어나 곁으로 다가간다.

"생각이 떠올라?"

의문이 가득한 눈으로 바라본다.

"어린시절을 떠올려 보았어."

생각 없이 말한다.

"어떤."

어린시절을 떠올린다는 말에 약간 놀라는 표정을 보인다.

"햇빛이 창고 벽에 부서져 달구어진 곳."

아무렇지 않게 말했지만 항구 쪽을 바라본다.

"아무것도 보이지 않아 그 창고가 없어진 지도 꽤 되었고."

이미 작은 어항으로 전락한 항구를 떠올린다.

"하지만 기억에는 아직 남아 있는 곳이야. 알지, 기억은 항상 공중에 떠 있다는 것을. 다만 그 기억을 어떻게 다시 잡아 오는가 그게 문제이기는 하지만……"

흔들의자에 앉는다.

"아이들이 왔어. 검댕이가 얼굴에 묻어 있는 아이들이야."

아이들과 이야기를 하려는 듯 눈을 감는다.

지나가는 과일장수의 경음기 소리에도 신경질적으로 반응한다. 창백한 얼굴과 시시각각으로 변하는 표정들을 살핀다. 자꾸만 깊은 생각 속으로 빠져들어 가는지 가끔씩 괴로운 신음소리를 흘린다.

"왜 그래."

생각에 개입하려고 끼어든다.

"시끄러……"

말은 단호하다.

"누구를 생각하는 거야."

생각에서 빠져나올 수 있도록 자꾸만 말을 건다.

"제발……"

그만 하라는 듯 도리질한다.

"아이들이 온 거야?"

할 수 없이 기억 속으로 들어간다.

"여섯이나 놀러 왔어. 보이지 않을 거야."

눈을 감은 채 말한다.

"여섯 명이나 왔어."

혼자만 실체를 본다.

"보이지 않아. 정말이야."

사실이 아니라고 더 크게 말한다.

"그래 그건 알아, 하지만 보이지 않는다고 아이들이 오지 않았다고 말하는 것은 잘못이야. 난 진실을 말하는 것이니까."

확신에 찬 얼굴이다.

"알았어. 하지만 볼 수 없어."

지지 않으려고 대꾸한다.

"부탁이야. 제발."

처음 단어에는 힘을 주어 큰소리로 말하지만 시나브로 약해진다.

차츰 생각들이 충돌하고 있다고 생각하며 행동을 주시한다. 분명 어떤 상황을 인식할 것이고 그 상황의 인식이 난폭한 행위를 유도해낼지 모른다. 자꾸만 난폭하게 흔들의자를 움직인다. 행동의 변화를 유심히 관찰한다. 알아들을 수 없는 음성으로 아이들과 이야기를 나눈다. 다시 흔들의자가 천천히 움직이자 창가로 걸어간다.

멀리서 신호를 기다리는 사람들이 보인다. 빠르게 진행하는 자동차의 움직임과 한줄기 바람. 고즈넉한 아침의 분위기다.

신호등이 녹색으로 바뀌자 기다리던 사람들은 도로를 횡단하고 제각기 흩어진다.

중얼거린다. 이제는 흔들의자도 거의 정지된 상태이다. 이 상황에서 생각에 개입해도 된다고 판단한다.

"많이 놀았어."

곁으로 깊숙이 다가간다.

"응."

곧 눈을 뜬다.

"다 간 거야."

생각이 맞다고 수긍한다.

"다 보냈어. 아이들은 자꾸만 놀기를 원해. 하지만 시간이 있어야지."

천진스런 대답이다.

"잘 생각한 거야."

할 수 없다는 표정을 한다.

"오늘은 항구 쪽을 한 번 가보았으면 해."

항구 쪽으로 눈을 돌린다.

"그럴까."

승낙한 것으로 알고 얼굴빛이 환해진다.

"먼저 머리부터 빗어야 해."

거울을 통해 머리를 보고 부끄러운지 손가락으로 빗질을 한다.

"오늘은 머리를 감았으면 좋겠어."

잠시 싫은 표정을 하다가 알았다는 듯 자리에서 일어선다.

"정말 머리를 감으려고."

다시 한 번 확인한다.

"감으라면서."

기분 좋은 표정으로 욕실로 들어간다.

온기를 느끼며 흔들의자에 앉는다. 흔들의자를 움직일수록 생각들이 자꾸만 실체처럼 떠오른다. 눈을 감고 상상을 한다. 생각들 속에서 대화했던 아이들이 한 사람씩 떠오르고 개구쟁이 꼬마들이 한 사람씩 클로즈업된다. 꼬마들이 한 사람씩 앞으로 나오며 천진스런 미소를 보낸다. 꼬마들 속으로 들어간다. 꼬마들처럼 키도 작아져 있고, 모습도 아이들의 모습처럼 되어져 있다. 꼬마들과 친구가 되어 어울려 논다. 바람이 창고 옆으로 을씨년스럽게 불어대고 흙먼지를 일으키지만 놀고 있는 장소는 바람 한 점 새어들지 않는다.

"뭐해."

욕실에서 나온다.

깜짝 놀라 수건을 들고 서서 머리를 터는 것을 바라본다.

"오늘은 화장도 해야겠지."

거울 앞에 앉는다.

"그곳이 그렇게 좋아."

"왜 그런지 마음이 설래."

거울 앞에 앉아 헤어드라이로 머리를 말리고 빗질을 하고는 다시 얼굴에 영양크림을 바른다. 그런 모습은 여자들이면 누구나 익숙하게 하는 동작들이나 부자연스럽고 불안한 느낌이 든다.

"왜 그런 눈으로 날 봐."

거울을 통해 바라본다.

"화장하는 모습이 너무 오랜만이라."

미소를 보여주며 안정된 마음을 유지시켜준다.

"여자들은 다 하는 거 아냐."

아무렇지 않게 얼굴에 뭔가를 바른다.

흔들의자에 앉아 화장하는 모습을 바라본다.

"왜 그렇게 유심히 보는 거야. 이상해."

부자연스런 행동을 스스로 느끼는지 주위를 살핀다.

"아냐. 변화되고 있는 모습을 보니 좋아."

안심하라고 미소를 보인다.

"얼굴만 변하면 뭐해. 마음이 중요한 건데."

"그렇긴 해."

화장을 하면서 가끔씩 바라보다 잠시 창밖으로 시선을 돌린다. 유리창에 가득 비친 십자가 탑과 중세 유럽풍의 뾰쪽한 건물이 화면에 하나 가득 클로즈업되듯 보인다. 답답하다.

"저 건물이 여기 앉아서 바라보니 무척 답답하게 보이네. 주위의 풍경들은 하나도 보이지 않고 저 모습만 보이니 말이야."

혼잣말처럼 그러나 누구나에게 들릴 듯 한 목소리다.

"이제야 본 거야."

거울을 통해 바라본다.

"의자에 앉아 저쪽을 보기는 처음이야."

교회 쪽이 보이는 창을 바라본다.

어느 중세화가의 풍경화처럼 푸른 하늘 깊은 곳에 교회의 십자가가 클로즈업한 화면처럼 들어있다.

"오늘은 항구에 갔다가 아크로폴리스에 들러야겠어."

화장을 마치고 옷걸이에서 옷을 찾는다.

"이제는 봄이야. 날씨도 봄 날씨고."

투박한 겨울옷을 집어 들자 제지하려고 참견한다.

"그럼 어떤 옷을 입어야 어울릴까."

들었던 옷을 다시 옷걸이에 건다.

"작년에 입었던 옷을 골라봐."

자줏빛 짧은 치마와 목 주위가 하얗게 레이스가 달려 있는 자줏빛 블라우스 차림을 상상한다.

"어떤 건데."

이것저것 뒤적인다.

"작년에 잘 어울린다고 말했던 그 옷을 입으라고."

어떤 옷인지 금방 알아차리고 옷을 꺼내 놓는다.

"너무 빠르지 않을까."

"무슨 말이야. 벌써 입춘이 지났는데."

망설이다 곧 옷을 입는다.

"올해도 어울려."

밝은 표정을 본다.

"너무 이른 거 아냐."

만족한 표정을 하며 헛말을 던진다.

밖으로 나오자 밝은 표정으로 폴짝거리며 걷는다. 따사로운 햇빛이 검고 윤기 있는 머리칼에 내려앉아 반짝거린다. 뒤를 따라가며 오늘은 어쩌면 유년의 기억을 좀먹고 있는 무의식 속의 어떤 것을 찾아내게 되리라 생각한다.

"빨리 따라와."

빠른 걸음을 한다. 숨차게 따라간다. 가로수로 심어져 있는 벚꽃나무에는 꽃망울이 맺혀 있다. 항구 쪽이 가까울수록 바람이 거칠어진다. 어떤 생각을 하고 있는지 어린아이처럼 신이나 있고 거친 바람도 아랑곳하지 않는다.

"물이 들어왔어."

항구 쪽으로 달려간다.

어느새 안벽 끝에 서서 유유히 흐르는 강물을 바라본다. 옆에 쭈그리고 앉아 바라보는 강물을 바라본다.

"유속이 너무 빨라.

"썰물이 시작된 거야."

마치 물새의 울부짖음 같은 소리를 내며 흘러가는 강물을 바라본다.

"어지러워."

얼마간 강물을 바라보다 뒤로 물러선다.

"저쪽으로 갈까."

먼저 나무벤치 쪽으로 발길을 돌리자 뒤를 따라간다.

"여긴 정말 좋은 곳이야."

눈을 감는다.

"이렇게 생긴 항구가 얼마나 있을까."

부잔교 쪽을 바라본다.

"어떤."

바라보고 있는 쪽으로 시선을 돌린다.

"저쪽은 바라보지 마. 꼭 오고 싶다가도 저쪽을 바라보면 그 생각들이 떠올라."

부르르 한차례 몸을 떤다.

"저건 부잔교일 뿐이야."

표정을 다시 한 번 살핀다.

"하지만 난 싫어."

고개를 돌려 다른 곳을 바라본다.

곧 어떤 생각에 사로잡힐 것을 알고 그때를 기다린다. 한동안 멀거니 바다 위에서 일어나는 상황들을 바라본다. 한 무리의 갈매기들이 카오스적으로 움직이고 있는 모습과 작은 전마선들이 천천히 부드럽게 하구로 미끄러지는 것과 시원한 바람이 부둣가를 쓸고 다니는 것 따위들이다.

얼마간 시간이 흐르자 눈을 감는다. 고운 머리카락 몇 가닥이 바닷바람에 움직인다. 간지러운지 눈을 감은 채 가끔씩 하얀 손으로 머리를 뒤로 쓸어 넘긴다. 얼마간의 시간이 지나자 가까이 다가간다.

"뭔 생각이 그리 깊어."

깜짝 놀라 한 번 바라보고는 다시 눈을 감는다.

"잔교 쪽에서 걸어 나오던 한 사람을 떠올려봐."

말을 던져 놓고 표정을 살핀다. 생각하기 싫은 표정을 하며 한두 번 도리질을 하더니 미간에 주름살 몇 개가 그려진다.

"천천히. 아무렇지 않게……"

부드럽게 마치 귀를 애무하듯 말한다.

"그 사람이 두리번거렸지. 바닷물이 만조라서 움직임이 없었지 마치 어떤 일이 일어날 것 같이, 갈매기 몇 마리가 한가하게 하늘을 비상하고 있었어. 그땐 바람 한줄기 없었고, 하늘에는 구름 한 점 없이 맑고 투명한 날이었지."

더는 생각하지 않겠다는 듯 다시 미간을 찡그린다.

"왜 어디 아파."

표정이 자꾸 굳어지자 옆으로 다가간다.

"선원이 자꾸만 앞으로 다가왔어. 그때 혼자서 정지되어 있는 물과

물 위를 조용히 미끄러지듯 지나가는 배와 비상하는 갈매기들을 보면서 모래 위에 친구의 얼굴을 그리고 있었거든."

이마에 땀이 맺힌다. 속에서 응어리로 남아 있을 이야기를 추리하면서 직접 그걸 말하도록 기다린다.

"그 다음은 모르겠어. 우악스럽게 들어 올렸는데. 그 다음은……"

그 말을 끝으로 두 손으로 머리를 쥐어짜듯 붙잡고 도리질 친다.

"알았어. 그만해."

곁으로 다가가 안정을 취하도록 안고 있다.

가슴에 안겨 작은 새처럼 숨을 할딱이고 가끔씩 바람에 헝클어진 머리칼을 쓰다듬으며 상상한다. 너는 한동안 가슴속에서 훌쩍인다.

"미안해……"

작은 어깨의 들썩임이 잠잠해질 때까지 조용하게 바라본다.

"뭘."

가슴에 안겨 있다가 고개를 든다.

"……전부."

가슴에서 떨어져 나간다.

"하늘엔 구름 한 점 없어."

하늘을 바라보자 하늘을 올려다본다. 눈가에는 아직도 눈물이 마르지 않아 반짝인다.

"정말이네."

금세 밝은 얼굴이다.

표정을 보면서 얼마나 많은 날을 기다려야 유년의 깊은 기억을 떠올려 스스로 말할까 생각한다.

유년의 기억들이 어떤 것인지. 머릿속에 자리 잡고 있는 오래된 흑백 필름이 어떻게 보관되어 있는지 떠올려 본다.

"저 배는 어디로 가는 걸까."

썰물을 따라 미끄러져 내려가는 고기잡이배를 바라본다.

"망망대해 동지나 쪽 일거야."

"그래."

배가 미끄러져 내려가는 곳을 뚫어져라 바라본다.

가끔씩 실바람이 분다. 갈매기들이 머리 위에서 날개를 펴고 비상하며 서러운 소리를 낸다. 기억 속에 들어 있는 흑백 필름을 하나하나 생각해 낸다. 첫 번째는 아버지의 기억이고, 둘째가 이곳에서의 기억. 그리고 세 번째의 기억은 어머니의 죽음에 관한 기록 같은 기억이다.

"여기서 계속 이렇게 앉아 있을 거야."

생각 속에 깊이 잠겨 있다.

"그럼 갈까."

시간의 흐름을 느꼈는지 벤치에서 일어난다.

"어디로 갈 건데."

말했던 아크로폴리스를 생각한다.

"아크로폴리스."

뒤를 따라 걷는다.

정문 쪽으로 가다가 철길 쪽으로 발길을 돌린다.

"철길은 아직도 그대로 있네."

침목 위를 폴짝폴짝 뛰어간다.

"이 철길은 항구가 있는 한 그대로 있을 거야."

똑같이 침목을 밟는다.

"지금도 이 철길 위로 기차가 다닐까."

녹이 슨 붉은색 레일을 본다.

"이곳 사정을 몰라."

"이곳에 창고가 항구를 바라보고 길게 있었는데."

넘어지지 않으려고 레일 위를 학처럼 서서 항구 쪽을 바라본다.

"기억이 나?"

"그럼."

"저쪽은 석탄 야적장이었어."

소공원 쪽을 가리킨다.

"여기에 앉을까."

철길 위에 앉는다.

따라 앉는다.

"이 길은 서로 만날 수 없는 길이라는데 우리도 그럴까?"

마치 활처럼 휘어 빈민가 쪽으로 숨은 철길을 바라본다.

상한 얼굴은 아무리 화장을 했어도 잘 뜯어보면 표가 난다.

"병원 아래를 지나가는 기찻길이 있어."

갑자기 입원했던 병원을 떠올린다.

"병원?"

갑작스런 말이라 어떤 생각이 기다리고 있는지 살핀다.

"보았지 그 기찻길을."

병원 아래의 기찻길을 떠올린다.

그곳에는 기찻길이 없고, 온통 붉은 황토 흙으로 둘러 싸여 있는 곳이다. 얼마간 떨어진 곳엔 포도과수원이 있긴 하지만 보이는 것이라고는 삭막하고 황량한 황무지뿐이다. 새벽이면 주변의 바람소리가 들리고 먼 곳에서 기차 소리가 바람을 타고 날아든다. 어떤 땐 속이 시원하도록 두드려대는 빠른 바퀴 소리가 들리고 어떤 땐 목이 쉰 소의 울음소리 같은 기적소리도 들린다.

"모르는데. 한 번 말해봐."

기억 속의 기찻길을 상상해 본다.

아마 고요한 새벽에 간간히 들리던 기차 소리를 들었을 것이고, 상상 속에서 기차가 달리는 모습을 떠올렸을 것이다. 농부들이 타놓은 긴 이랑을 보고 기찻길이라고 상상했을지도 모르는 일이다.

어떤 생각에 사로잡혀 움직일 줄 모른다. 지독한 상상력이다. 이런 상상력이 망상이라는 것을 알 턱이 없다. 가끔씩 어떤 사람과 이야기를 한다. 의미 없는 듯 보이지만 모두 의미가 있는 말들이다. 해가 서쪽으로 기울면서 바람이 일기 시작한다. 봄이지만 아직 바람 끝이 으스스하다.

"이제 가자."

철길에 앉아 끝없이 이야기하고 있어 생각을 바꾸려고 말한다.

그때서야 눈을 뜬다. 오랫동안 눈을 감고 있어서인지 창백한 햇빛에 눈살을 찡그린다.

"시간이 꽤 되었나봐."

그때서야 눈을 바라본다.

"이제 일어서."

일어서면서도 돌변할지 몰라 눈을 떼지 않는다.

"어디로 갈까."

알고 있는지 실험한다.

"아크로폴리스."

집을 나설 때 말했던 곳을 잊지 않고 있어 맘에 드는지 얼굴이 환하게 바뀐다.

"바람이 부네."

가끔씩 머리카락이 바람에 날리자 그때마다 머리를 손으로 쓸며 걸어간다.

"항구는 원래 바람이 많은 곳이야."

"바람은 어데서 오는 걸까."

"글쎄."

바람이 기압의 변화에 따른 공기의 흐름이라는 것을 알면서도 대답을 요구한다.

"바람은 공기의 흐름이지."

대답하지 않자 스스로 알고 있다고 생각을 말한다.

"알면서 왜 물어."

들릴 듯 말 듯 한 음성으로 이야기한다.

"말했을 뿐이야."

한동안 말없이 걷는다.

"아크로폴리스야."

삼학동 사거리에서 신호를 기다린다.

"오늘은 어떤 사람들로 채워져 있을까."

생각해 보라는 투다.

"사자머리가 있을 수도 있어."

"그럴까."

신호가 바뀌자 앞서 건널목을 건넌다.

아크로폴리스엔 손님이 없다. 마치 예약석으로 가는 사람처럼 전에 앉았던 자리로 향한다.

"오늘도 이 자리야."

자리에 앉자 앞자리에 앉는다.

"이 자리가 가장 맘에 드는 곳이야."

웨이터가 다가오자 오렌지 주스를 시킨다. 웨이터는 안면이 있다는 듯 연한 미소를 흘리고 물컵에 물을 따른다. 은빛 투명한 물기둥이 물컵에 내려앉으며 출렁인다. 웨이터가 즐거운 시간이 되라고 말하고 돌아가자 창가를 한 번 둘러보더니 눈을 감는다.

"요즘 들어서 눈만 감으면 자꾸만 아이들이 찾아와."

귀찮다는 듯 도리질을 한다.

"아버지는 나빠."

아이들로부터 아버지의 생각으로 바뀌어간다.

"왜."

"내 몸을 만져."

마치 옆에서 누군가 은밀한 곳을 만지고 있는 것처럼 소스라치게 놀란다.

"이곳은 아무도 없어. 눈을 뜨고 둘러보라고."

눈을 뜨고 가소롭다는 듯 한차례 바라보고는 눈을 감는다. 그런 행동을 보며 다시 병원으로 가야 한다고 생각한다. 폐쇄병동을 생각하자 갑작스럽게 가슴이 두근거린다. 하지만 아무렇지 않게 누군가와 말한다. 그 언어가 자꾸만 확실해져 가고 그 언어의 상대방이 아버지라는 것까지 알 수 있다.

"정말 아버지가 귀찮게 하는 거야."

"그래."

"지금 아버지는 이곳에 없어."

"모르지. 눈에 보이지 않다고 없다고 말하는 것은 생각일 뿐이야. 지금 옆에 와 있는 아버지를 선명하게 느끼고 있어."

다시 중얼거린다.

"있다고 해."

마지못해 말하고 행동과 표정을 바라본다.

"이러시면 안 돼요. 누가 봐요. 아버지 때문에 죽을 지경인 것을 몰라요. 제발 이러지 마세요."

생각과 그에 따른 언어는 너만의 실체를 따라가고 있다. 빨리 집으로 데려가야 한다는 생각뿐이다.

"아버지는 이곳에 없어."

또렷하게 말한다.

깜짝 놀란 웨이터가 저쪽에서 바라본다. 그때서야 눈을 뜨고 두리번거린다.

"무슨 일 있으십니까."

웨이터가 다가와 정중한 표정으로 바라본다.

"아닙니다."

웨이터는 뚫어져라 바라보고는 돌아간다.

"주스 마셔."

땀이 송글송글 맺혀 있는 이마를 바라보며 천천히 주스를 마신다.

"이제 집으로 가야겠어."

주스를 조금 마시고 잔을 내려놓자 빨리 마시라고 한다.

"알았어."

벌컥벌컥 주스를 마시고 잔을 내려놓는다.

"이제 가자."

일어나 앞서 가자 더 있고 싶은지 앉았던 자리를 한 번 바라보고는 따라 나온다.

집에 도착하여 약을 살핀다. 좋은 약일수록 부작용도 심하다. 제3세대 약이라는 리스페리돈을 복용중이다. 어제와 다를 것 없는 약이지만 자꾸만 부작용 쪽으로 간다.

"어때."

약을 유심히 살피자 다가온다.

"괜찮은 것 같은데."

생각을 유도한다.

"병원에 좀 다녀와야겠어."

생각을 알았는지 수긍을 하는 태도다.

"그렇게 생각해?"

"응."

체념에 가까운 표정을 한다.

4

　자꾸만 방과 흔들의자를 바라본다. 병원으로 갈 시간이 다가 왔다는 것을 피부로 느끼고 있는 것이다. 눈에 고인 진주 같은 눈물방울이 무엇을 상징하고 있는지 잘 안다. 눈을 피해 창밖으로 시선을 돌린다. 불꽃같은 향나무가 바람에 움직인다. 앞집 울타리를 따라 심어져 있는 향나무는 초록빛 불꽃이 되어 이글거리는 것 같다. 어지럽다. 아이를 몰고 가는 뚱뚱이 아줌마의 목소리가 들린다. 알아들을 수 없는 장사치의 목소리가 멀리로 사라져 간다. 현기증이 이는 물소리가 들린다. 사자머리 노처녀가 신경질적으로 길에 물을 뿌리는 소리이다. 그런 소리를 접하고 있으면서도 미동도 하지 않고 흔들의자에 앉아 있다. 의자 옆에는 분홍색 옷 보따리가 놓여 있고, 저만큼에서 즐겨 덮던 별들이 수없이 찍힌 연보랏빛 이불 보따리가 놓여 있다. 아침부터 이불 보따리를 싸며 가져갈까 말까 망설였다. 어쩌면 그 생각은 앰뷸런스가 도착하고 감독들이 부를 때에야 결정될 것이다.

한동안 혼자만의 생각으로 취해 있으면 언젠가처럼 어머니가 눈앞에 스르르 나타날 것이고 그때 어머니와 실제처럼 이야기를 할 것이고 아이들도 심심치 않게 나타나 주위에서 이야기를 할 것이다. 그때의 즐거움을 상상하며 약을 먹지 않는 것인데 의사는 무조건 부작용을 먼저 생각하며 입가에 가느다란 미소를 보일 것이다.

"당연한 것처럼 무릎을 꿇는 낙타가 되는 것인가?"

"도대체 무슨 말을 하는지 모르겠어."

"지난번 말하지 않았던가? 당연한 것처럼 해야 하는 이런 것이 싫거든."

가기가 싫은 표정이다.

"가야지. 상태가 좋지 않아."

마음에 짐을 진 사람처럼 중얼거린다.

"오늘 들어가면 언제 나올까."

혼잣말을 한다.

검은 눈망울이 반짝거린다. 일곱 번째 입원이 시작되는 순간이다. 자꾸만 낯선 곳의 사람들을 떠올리며 두려운 듯 도리질을 한다.

"이번은 빨리 나오게 될 거야."

위로하듯 말하지만 그동안의 입원 결과를 보면 최소한 3개월 정도는 입원될 것이다.

"왜 입원하게 되는 것일까."

눈을 감은 채 흔들의자를 흔든다. 창밖에는 작은 토네이도가 보이고 그 소용돌이는 곧 교회 지붕을 지나 언덕을 넘어간다. 불꽃같은 향나무는 거실을 바라보려는 듯 거실 앞으로 혀를 내민다. 그때 독수리 울음처럼 벨소리가 들린다. 벨소리는 엄청난 파괴력이 있다. 소스라치게 놀라며 곧 문쪽을 바라본다. 눈은 도살장으로 끌려가는 소의 눈처럼 어느새 두려운 모습으로 변해있다.

"이번은 얼마 있지 않아도 될 거야."

겁먹지 말라는 투로 재차 말한다. 아랑곳하지 않고 마지막으로 주변을 살피듯 실내를 돌아본다. 다시 벨소리가 들린다.

"누구세요."

그때서야 문쪽으로 달려간다.

"문 열어요. 병원에서 왔습니다."

문고리를 돌리고 문을 연다.

"우리를 불렀죠."

흰 가운을 입은 두 사람은 거실로 들어오며 주위를 둘러본다.

"왜? 상태가 안 좋아요."

두 사람 중 덩치가 있고 독수리 눈을 한 사람이 다가온다.

"자꾸 환청과 환시를 봅니다."

모든 것을 체념한 표정이다.

"그래요."

그 사람은 얼굴을 똑바로 바라본다. 그 사람과 눈이 마주치자 눈길을 돌린다.

"빨리 갑시다."

같이 왔던 사람이 서둔다.

"그럽시다."

두려운 시선을 뒤로 한다.

"저 보따리를 가져갈 겁니까."

깡마른 한 사람이 옷 보따리를 든다.

"저건 어떻게 할까요."

가장자리에 있는 또 다른 보따리를 바라본다.

"저것도 가져갈 겁니다."

망설이다 단호하게 말한다. 깡마른 사람이 갑작스런 살아 있는 언어에 움찔하며 한차례 바라보더니 보따리 두 개를 들고 문쪽으로 향한다. 몸집이 있는 사람이 모습을 살피며 눈짓으로 나가자고 말하자 자연스럽게 일어선다. 일어서서 거실을 나가면서도 아무런 저항이 없다. 저항을 해봤자 소용없는 일이라는 것을 알고 있기 때문이다. 아니 느낌으로 그것을 안다. 마치 개장사에게 저항 없이 끌려가는 사나운 개처럼.

"걱정 마. 곁에 있잖아."

마음의 열쇠를 채우자 속삭인다.

"알았어."

조그만 소리로 중얼거린다.

"보호자에게 말은 했나요."

앞서가던 깡마른 사람이 바라본다.

"아니요."

알릴 필요가 없다는 태도다.

"그래도 말은 해야 하는데."

깡마른 사람이 중얼거리며 계단을 내려간다.

"이분은 알아요. 아버지가 목사인데 스스로 이렇게 입원하고 퇴원할 때는 아버지가 옵니다. 입원시키고 아버지께 연락하면 되지요"

살점이 있는 사람이 잘 아는 듯 한차례 바라본다.

"그래요."

깡마른 사람이 뒤를 돌아본다. 눈이 마주치지 않으려고 고개를 숙인다. 끌려가듯 앰뷸런스에 오르며 집을 올려다본다. 유리창이 물에 젖은 것처럼 번들거린다. 거리에 바람이 불어 흙먼지를 일으키자 몸을 움츠리며 봉고차에 오른다. 차가 출발하자 자꾸만 주위가 어수선하게 변하면서 모든 건축물들이 부서져 내린다. 이불보따리를 넘겨받고 무릎 위에 올려놓는다. 한동안 주위를 살피다 차가 시내를 빠져나가자 이불 보따리에 얼굴을 묻는다. 자꾸만 환시로 뭔가가 눈앞에서 꿈틀거린다.

"기도원만 가지 않았어도 이렇게 되지는 않았을 것인데."

살점이 많은 사람이 씁쓸한 표정을 한다.

"기도원에 갔었나요."

깡마른 사람이 바라본다.

"아버지가 목사라……"

살점이 많은 사람은 그 말을 하고는 창밖을 바라본다.

"기도원에 갔었던 사람이 의외로 많아요."

깡마른 사람이 슬픈 표정으로 이불 보따리 위에 얼굴을 묻고 있는 너를 바라본다.

"걱정 마. 곁에 있으니."

그 말에 다시 고개를 든다.

"생각나는 것이 많아?"

깡마른 사람이 동정에 눈길로 바라본다.

그런 눈길이 싫다. 마치 가식을 한층 더 끌어올린 표정 같고, 그 표정 뒤에 숨긴 엄청난 폭력을 기억하고 있다. 대답하지 않고, 창밖에 시선을 둔 채 움직이지 않는다. 차는 한적한 들판을 지난다. 병원에 가까이 왔음을 직감하고 창에 기대 눈을 감는다. 차가 움직이는 시간을 생각하면서 장소를 생각한다. 가끔씩 생각과 장소가 맞는지 눈을 떴다가 다시 감는다.

지리산 기슭에 있는 기도원을 생각한다. 기도원 원장과 아버지는 아는 사람이었고, 기도로 병을 고쳐 보려했던 아버지는 그리로 보냈었다. 아버지는 기도원까지 따라와 곧 괜찮아질 거라는 말을 하고 떠나갔다. 그곳에 있는 동안은 고통의 연속이었다. 새벽에 일어나 기도를 하고 안수를 한다며 눈을 눌렀다. 어찌나 힘을 주어 누르는지 손가락 마디 하나가 쑥 들어갈 정도였다. 그럴 때면 눈에서 퍼런 불꽃이 튀었다. 아프다고 고함치며 발버둥을 쳤지만 원장은 힘으로 제압하고 눌렀다. 그 일은 불규칙적으로 일어났다. 원장은 몸에 들어온 마귀를 쫓아내야 한다며 고함을 질러댔고, 주위에 있는 사람들은 한목소리로 울부짖었다. 아프다는 울음소리와 다른 사람들이 기도를 하며 통곡하는 소리는 비교되지 않고 같은 음정으로 묻혔다. 원장은 안수하면서 뭔가가 빠져나가야 한다고 소리를 질렀지만 몸에서 어느

것도 빠져나가지 않았다. 아니 빠져나갈 것이 없다는 것이 맞을 것이었다. 그렇게 6개월이 지났고, 면회 온 아버지는 이미 지친 모습을 보고 이대로 놔두었다가는 사람을 잡겠다고 생각했는지 그날부로 병원으로 옮겨졌다. 의사의 과학적인 검사가 이루어졌고, 맞는 약을 찾아 조제했다. 그렇게 6개월간 입원하고 치료가 되자 어느 정도 평심을 유지했다. 6개월이 되는 날 아버지는 병원을 찾았다. 평심을 찾은 것을 보고 곧 바로 퇴원을 시켜 다시 기도원으로 향했다. 소용없는 일이라며 가지 않겠다고 몇 번이고 말했다. 병원에서 치료를 한다는 것은 목사인 아버지로서는 이율배반적 행위였을 거라 생각하고 아버지의 행위를 이해하자고 생각하며 이를 악물었다. 기도원 원장은 귀신이 붙었는데 무슨 약이냐며 그날부로 가지고 온 약을 빼앗아 어디엔가 버렸다. 며칠 되지 않아 재발했다. 그렇게 하는 동안 일 년이란 세월은 물 흐르듯 흘러가버렸고 정신은 차츰 황폐해졌다.

"어디쯤이야."

눈을 뜨고 밖을 바라본다.

황무지 위에 지어진 허름한 집들이 스쳐 지나갔다. 위치를 알겠다는 듯 다시 눈을 감는다. 유년시절에 보았던 한 사람이 떠오른다. 그 사람의 늙은 어머니는 한길에 주저앉아 큰소리로 울었다. 그 사람은 어머니 곁에 앉아 땅바닥을 주먹으로 치며 괴로워하였다. 유심히 그 모습을 바라보고 집으로 돌아와 어머니께 말하였다. 어머니는 그 사람 곁에는 가지 말라고 하며 그 사람은 문둥병이 걸렸다고 하였다. 그 사람은 곧 같은 병이 있는 사람들이 모여 사는 소록도로 떠날 거라 말했었다. 그후 가끔씩 어떤 사람한테 강제로 끌려가는 꿈을 꾸곤

하였다.

"이제 다 와 가네요."

초조한지 다시 눈을 뜬다.

"걱정 마 내가 있잖아."

들릴 수 있도록 말한다.

주위를 살핀다. 차는 쏜살같이 황무지 마을을 지난다.

"씨발, 이곳을 지나려면 이상해."

깡마른 사람이 말하며 윗주머니에서 담배를 꺼낸다.

"그래도 저 사람들은 우리 병원에 있는 사람들보다는 괜찮아."

살점이 있는 사람이 너를 슬쩍 바라본다.

"그렇긴 해."

깡마른 사람이 동감이라고 하며 담뱃불을 붙인다.

담배연기를 피하려고 고개를 숙인다.

"창문 좀 열고 피워."

살점 있는 남자가 눈을 찡그리며 창문을 연다.

다시 고개를 들고 창밖을 바라본다. 황무지에서 흙바람이 몰아치자 밭이랑에 설치되어 있는 비닐조각이 떨어져 날아간다.

"씨발, 바람 좀 봐."

담배를 피워 문 깡마른 사람이 창밖으로 연기를 내 뿜는다.

차가 황무지 구릉에 올라서자 때마침 황무지에서 불어오는 흙먼지가 흰 건물로 몰려간다. 병원 건물이 마치 심해에서 고개를 내미는 흰 고래처럼 음흉하게 드러난다. 차츰 다가오는 건물을 뚫어져라 바라본다. 주위는 온통 황토색뿐이다. 유년의 기억을 떠올리며 황무지

위의 어머니를 떠올린다. 고지식한 목사의 아내라 어떤 어려움도 내색하지 않았던 어머니다. 어머닌 집안 형편이 어려워 익산으로 공장에 다녔고, 늘 일이 힘들었던지 밤에 끙끙 앓았다.

"저 건물 보이지."

혼잣말이다.

깡마른 사람이 담뱃불을 들이키며 바라본다.

"걱정 마 네 목소리를 듣지 못했으니."

긴장되어 경직된 시선을 바라본다.

차가 정문을 통과하고 두 사람이 내린다. 이불 보따리와 옷 보따리를 하나씩 양손에 들고 접수대 앞 의자에 앉아 기다린다. 접수대 앞 의자의 색깔은 병실의 분위기와는 대조적으로 노랗게 잘 익은 부드러운 식빵 색깔이다. 살점이 있는 남자는 접수대장에 이름을 기록하고 곧 의사에게 넘긴다.

"이리로 앉아요."

의사 앞에 앉는다.

"약을 먹지 않았나."

의사의 부드러운 음성이다.

"빠짐없이 먹었어요."

의사에게 남은 약봉지를 내민다. 의사는 손에 들려 있는 약봉지를 건성으로 바라보며 뭔가를 기록한다.

"무엇이 문제지."

의사는 다시 바라본다.

"어린아이들이 자꾸만 찾아와 잠을 이룰 수가 없어요."

괴로운 표정을 한다.

"알았어요. 그뿐 인가요."

의사는 사무적인 언어를 끝내고 뭔가를 기록한 다음 사람을 부른다.

301호에 배정받아 엘리베이터를 탄다.

"괜찮아. 조금만 있으면 될 것이니."

두려운 표정을 하고 있어 안심시킨다.

"익숙해. 엘리베이터도 그렇고……"

체념한 표정이다.

"너와 쭉 같이 있는 내가 있잖아."

비관할 수도 있다는 생각에 용기를 넣어 준다.

"이 순간부터 어떻게 될지 몰라."

체념해 있다.

"왜."

"이곳은 정말 견디기 힘든 곳이지."

"좋은 사람들이잖아."

"그렇긴 하지만 정말 이곳에서 같은 사람들끼리 생활한다는 것은 죽기보다 싫다고."

몸부림치는 모습이 보이는 것 같다.

"이제 내려요."

깡마른 사람이 흘기듯 바라본다.

간호사가 모든 병력이 기록된 카드를 바라보며 미소를 보인다.

"이리와요."

곧 백여 명이 들어 있는 넓은 병실로 들어간다. 사람들이 주위로 몰려와 의미 없는 미소를 보낸다. 여자들의 모습을 하나하나 바라본다. 반백의 머리에서 십대 소녀까지 다양하다. 저쪽에서 감독이 독수리눈으로 유심히 바라본다. 어떠한 위험스런 행위를 하였을 때 곧 그만한 대가가 기다리고 있다는 것을 잘 안다. 주위에 몰려든 사람들을 의식하지 않고 눈을 감아 버린다.

"이것으로 갈아입어요."

감독이 조심스럽게 살피며 절제된 언어를 구사한다.

감독이 준 옷 꾸러미를 받아들고 탈의실로 들어간다.

"괜찮아. 해낼 거야. 그리고 오늘 잘 참았어."

옷을 갈아입고 있는 동안 조용히 바라본다.

"오늘이 중요하다는 걸 잘 알아."

걱정 말라는 투다.

"사실 불안했어."

"뭐가."

"고함지를까 해서."

"한두 번인가."

"하긴."

옷을 갈아입고 쇠창살이 있는 창가에 앉는다.

환자들이 색다른 사람이 왔다는 것을 느꼈는지 주위로 몰려든다. 쭈그리고 앉아 무릎 사이에 얼굴을 묻고 무엇을 생각한다. 자꾸만 눈에 익숙한 아이들이 얼굴에 하나 가득 웃음을 머금고 다가온다.

"저리들 비켜."

감독이 주위에 몰려든 사람들을 밀쳐낸다. 환자들이 서로 자기의 공간으로 흩어진다. 감독은 한차례 주변의 모습을 살피고는 환자들 틈으로 사라진다.

"참으니 얼마나 좋아 묶이는 고통도 없고."

생각 속으로 더 깊이 빠지지 않도록 한다.

"아버지가 언제쯤 올까."

아버지가 어떤 생각을 하고 있을지 걱정한다.

"그 일도 참아야 해. 지금처럼."

"알았어. 하지만 아버지가 기도원으로 보낼지 몰라서 그래."

미간을 찡그린다.

"아버지도 이제는 생각이 달라졌을 거야."

두려워하는 모습을 바라보며 마음을 안정시킨다.

"그럴까."

무릎 사이에 얼굴을 묻은 채 정신병원의 늙은 간호사의 이야기를 생각한다. '우리 환자들이 병식을 갖기까지는 십 년에서 이십 년 정도의 투병생활을 거쳐야 가능합니다. 아무리 병이 있다고 말해도 믿지 않으려 합니다. 자신에게 닥친 큰 병에 대하여 일단은 심리적으로 거부하는 겁니다. 그리고 그 다음부터는 자기 최면에 빠지는 것이지요. 절대로 병에 걸리지 않았다고 말입니다. 약도 제대로 복용하지 않고, 무절제한 생활을 하지요. 그러니 차츰 폐쇄병동의 입원 횟수가 늘어갑니다. 사람들은 이상한 생각에 머물러 있는 환자의 주위에서 서서히 멀어져 가고, 자신은 고립된 채 마음도 서서히 부서져 갑니다. 그때서야 자기의 병을 인식하게 되는데 이미 너무나 긴 시간을 허비한 후입니다.' 늙은 간호사의 눈가에는 안타까움에서 그랬던지 이슬이 맺혀 있었다.

"이름이 뭐야."

네 나이로 보이는 여자가 다가와 말을 건다. 그때서야 눈을 뜨고 여자를 천천히 살핀다. 호기심이 많게 생긴 눈을 가지고 있지만 눈 주위가 깊고 검어 그동안 투병생활이 길었음을 말해주고 있다.

"은혜."

다시 눈을 감는다.

"이름이 예쁜데."

미소를 보낸다.

"눈을 떠봐. 좋은 친구로 삼아도 될 것 같아."

그때서야 눈을 뜨고 똑바로 바라본다.

"너의 이름은 뭔데."

"송이."

"송이? 정말 예쁜 이름이네."

송이의 미소띤 얼굴을 바라보며 똑같이 미소를 보낸다.

"집은 어디야."

친밀하게 바라본다.

"송천동. 전주에 있어."

"너는."

"군산."

"나이는 몇 살인데."

집요하게 묻는다.

"……서른넷."

꼬치꼬치 캐묻는 송이를 보며 잠시 망설인다.

"토끼띠야."

송이는 반가운 표정이다.

"응."

"나도 토끼띠야 우리 친구하자."

송이가 미소를 보이며 손을 내민다.

"친구하면 좋겠어. 둘이 대화하는 것도 어린아이 같고."

한결 밝아진 얼굴로 송이를 본다.

"보기 좋네."

메기입을 갖은 뚱보여자가 다가온다. 뚱보여자는 얼굴 피부가 마치 유자껍질같이 거칠다. 주먹을 연상시키는 코와 늑대 눈이 서로 어울리지 않게 붙어있다.

"언니 왜 그래."

송이는 겁에 질려 있는 너를 바라보다 다시 뚱보여자를 바라본다.

"뭐여."

뚱보여자가 종주먹을 쥔다.

"친구야. 군산에서 살고 있지."

전부터 알고 지냈던 사람같이 말한다.

문쪽에서 키가 장대같이 큰 감독이 기린 목을 하고 어떤 일이 일어날까 힐금힐금 바라본다.

"그려. 있다가 신고시켜."

뚱보여자는 감독이 바라보고 있다는 것을 느꼈는지 눈치를 보며 멀리로 사라진다. 뚱보여자가 멀어져 가는 모습을 멀거니 바라본다. 눈은 두려움에 가득하다.

"무섭게 생각할 것 없어. 처음엔 저렇게 말하지만 익숙해지면 차츰 괜찮아질 거야."

뚱보에게서 시선을 떼지 못한다.

"저 사람은 누구야."

"우리와 같은 병을 앓고 있어."

뚱보여자가 사라진 곳을 바라본다. 뚱보여자의 모습은 몸집이 커 사람들 틈에서도 확실하게 드러나 보인다.

"같은 사람으로 대해."

두려운 모습을 보이자 안심하라는 듯 말한다.

"그래 같은 병이라잖아."

그때서야 알았다는 듯 송이를 바라본다.

"언제부터 이 병에 걸렸어."

"여고 2학년 때 처음 입원했어."

송이는 여고 2학년이라고 말을 해놓고 잠시 무언가를 생각한다.

"넌."

무언가 생각하던 송이는 다시 미소를 보낸다.

"3학년 때."

여고시절을 잠시 떠올려본다.

"나와 비슷하네."

송이는 슬픈 표정을 애써 감춘다.

"우린 너무 어렸어."

슬픈 표정으로 창쪽을 바라본다.

"자꾸만 무엇이 나를 따라오는 것 같았어."

"나는 누군가 찾아와 말을 걸어. 지금도 눈만 감으면 아이들이 찾아오지. 세 살이나 네 살 아이들이야. 사람들은 보이지 않는다고 하지만."

그 말을 하고 송이의 눈을 바라본다. 호기심이 많아 보였지만 맑고 슬프다.

"지금도 그곳에 살고 있는지 몰라."

송이는 대뜸 그 말을 던져 놓고 창쪽을 바라본다.

"누구."

"고등학교 때 자취를 했는데……"

"그런데."

송이가 말꼬리를 감춘다.

"자꾸만 내 방을 훔쳐보던 아저씨 말이야."

송이는 물끄러미 바라본다.

"아저씨?"

흥미로운지 송이 앞으로 다가 앉는다.

"그래 아저씨."

송이는 잠시 창밖을 보며 무언가 생각하다 일어선다.

"이따가 봐."

송이가 사람들 틈으로 들어가자 잠시 송이를 바라보다 다시 창밖으로 시선을 돌린다. 온통 붉은 황무지뿐이고 흙먼지가 뿌옇다.

"사람들과 어울려 지내야 돼."

마음에 평온함을 갖으라고 등을 쓸어준다.

고개를 숙인다. 문쪽에서 약봉지를 든 감독이 걸어오고 있다.

"이 약을 먹어요."

감독은 얼굴을 똑바로 바라보며 약을 건넨다.

정수기가 설치되어 있는 곳으로 간다. 몸체는 밖에 설치되어 있고 철창을 통해 물을 꺼내 마실 수 있도록 해놓은 정수기이다.

한 줌이나 되는 약을 입에 넣고 물을 마신다. 감독은 약이 너의 울대를 타고 넘어가는 모습을 자세히 바라본다. 약을 먹으면서도 늑대 눈처럼 번득이는 감독의 모습을 바라본다.

약을 삼키고 그 자리에 쭈그리고 앉는다. 서쪽 창으로 햇빛이 점점 길게 드리워진다. 신기루처럼 뿌연 빛이 쏟아져 들어오는 창을 바라본다.

"뭐해."

"아무것도 아니야."

"눈부시지."

"다른 공간이 있는 것 같아."

계속 창문을 바라본다.

"이렇게 살아야 되는 운명인가."

눈부신 햇빛 때문에 창 너머에 설치되어 있는 거미줄 같은 쇠창살은 보이지 않는다.

"나을 거야."

"저쪽 사람들 봐. 저렇게 머리에 서리가 내렸지만 그대로 아냐."

창을 바라보며 반대편에 있는 노인들을 바라본다.

"관리가 안 된 거야. 너는 열심히 하고 있잖아."

다시 말이 없다. 저쪽에서 유심히 보고 있는 감독관이 다가온다.

"어디 아픈가."

깜짝 놀라며 감독을 바라본다. 감독은 한차례 예리한 눈으로 훑는다. 그의 눈초리가 매서워 절로 고개가 숙여진다.

"괜찮아요."

기가 질려 겨우 말하고 두려운 표정을 한다. 감독은 다시 자리로 돌아갔지만 그의 표정에서 실수를 했을 때는 그만한 대가를 치러야 한다는 무언의 암시 같은 것을 읽을 수 있었다.

서쪽 창이 붉다. 일어나 창가로 다가간다. 서쪽 황토구릉 위에 붉은 해가 걸려 아우성친다.

"뭘 봐."

송이가 다가와 미소를 보낸다.

"해를 봐. 너무나 아름다워."

송이가 볼 수 있도록 자리를 양보한다.

"난 괜찮아."

"너무나 아름다운 광경이야. 모두 붉은색이고."

계속 노을을 바라보며 중얼거린다.

"나도 처음에는 그랬어. 이제는 그런 감정 같은 것을 잊고 산지가 오래되었어."

미소를 보내고 있던 송이가 슬픈 표정을 한다.

"얼마나 되었는데."

"24개월째."

"답답하지 않아."

"이제는 이게 습관이 되었나봐. 어떤 땐 밖으로 나가기가 두려워."

송이는 멍청히 창밖으로 시선을 돌린다. 창밖은 시나브로 어두워 오고 있다.

"뭐허는 거여."

어느새 뚱보여자가 옆에 와 있다.

"언니. 노을이 아주 좋아요."

송이가 웃는 모습으로 대한다.

"밥 처먹을 준비해야지."

뚱보여자가 이마에 번데기를 그린다.

"가자."

송이는 손을 잡는다.

"왜? 몸이 안 좋아."

힘없이 따라가는 너를 바라본다.

"낯설어. 모든 것이."

송이를 따라간다.

송이는 빈 식판을 건네고 따라서 하라는 듯 앞서 가며 먹을 양만큼 음식을 식판에 담는다. 송이를 따라하는 행동이 부자연스럽다. 송이를 따라 창가에 앉는다. 무채색을 입은 사람들이 마치 버섯공장 속의 송이버섯 같다.

"어때."

송이는 너를 바라본다.

"맘에 들지 않아도 먹어 둬야 해. 만약 먹지 않는다면 약 때문에 위가 깎여."

송이가 밥을 먹기 시작하자 수저를 든다.

"여기서는 여기 법을 따라야 한다고, 로마에서는 로마법을 따라야 한다는 말이 있듯이."

수저를 들고 어떤 생각에 빠져 있는 모습을 살핀다.

일거수일투족을 모서리에 서서 지켜보고 있는 간호사와 감독에 의해 기록된다는 것을 잘 안다. 결벽증이 있어 쉽게 수저를 들고 음식을 먹지는 못할 거라 생각했는데 쉽게 송이를 따라 음식을 먹는다.

어렵게 식사를 끝내고 화장실로 들어가 마치 임신이라도 한 사람처럼 헛구역질을 한다.

"왜 그래."

모습이 고통스럽다. 헛구역질을 하는 동안 머리가 풀어져 마치 물속에서 익사한 사람의 머리카락처럼 어수선하다.

"괜찮아질 거야."

되레 달랜다.

"네가 걱정스러워."

그렇게 말했지만 곧 미소를 보낸다. 그 미소가 억지라는 것을 안다.

"아버지가 올까."

곧 걱정스런 얼굴로 변한다.

"오시겠지. 자율적으로 들어왔지만 이곳에서 연락하게 되어있어, 아마 지금쯤 연락이 갔을 거야."

"기도원은 가지 않을래."

그 말을 해놓고 자유형 수영선수처럼 물을 헤집는다.

방으로 들어오자 송이가 옆에 앉는다.

"조금 후면 익숙해질 거야."

송이의 말은 조심스럽다.

"이번이 몇 번째야."

송이는 병원 입원의 수만큼 병이 만성화돼 간다는 것을 알고 있는지 입원 횟수부터 묻는다.

"……일곱 번째."

송이가 어떤 이유로 묻고 있는지 표정을 살핀다.

"일곱 번째?"

"응."

"생각보다 많은데."

의외라는 표정을 한다.

"얼마쯤으로 생각했어?"

"세 번 정도로 생각했는데."

송이는 다시 미소를 보낸다. 송이는 상대방을 봐가며 표정을 바꾼다. 어색한 표정이나 걱정스런 표정을 하고 있으면 상대방이 편안해질 수 있도록 미소를 보낸다. 송이는 그때부터 곁에 앉아 표정을 살피며 네가 비밀 같은 이야기를 하면 자신도 곧 자기의 비밀을 한 가지씩 털어놓는다.

무릎에 얼굴을 묻고 눈을 감았지만 아이들이 나타나 말을 시키고 대화를 유도해 깊은 잠을 이룰 수 없다. 수면제를 요구하지 않는다. 처방이 좋지 않은 방향으로 흐르지 않을까 해서다. 새벽에 일어난 송이는 곁으로 와 이불을 펴고 잠을 자는 시늉이라도 하라고 한다.

"어떤 이유로든 조용히 있어야 돼."

쭈그리고 앉아 있는 너에게 조용히 말한다.

침대로 올라가 자줏빛 하늘에 별이 핀 무늬의 이불을 덮고 눕는다. 눈을 감고 있지만 잠이 오지 않는다. 한동안 아이들과 이야기를 하다가 소란하여 눈을 뜬다. 반대편 가장자리에서 산발한 뚱보여자가 고함을 지른다. 사람들이 뚱보여자 주위로 몰려들어 뚱보여자를 중심으로 원을 그리고 있다.

"씨발년들 안 꺼져."

뚱보는 붉은 눈으로 사방을 둘러본다.

감독이 자리에서 서서히 일어선다. 감독의 눈은 야수가 먹이를 바라보며 서서히 다가가듯 천천히 뚱보에게로 향한다.

"뭐여."

감독이 말하자 사람들이 길을 터준다.

"너는 뭐야 씨발놈."

감독이 앞에 서자 달려들 듯 기세로 감독을 노려본다. 감독도 대책이 없는지 잠시 뒤로 물러서며 사람을 부른다. 뚱보는 계속해서 고함을 지른다. 얼마 후 다른 병실에서 몇몇의 사람이 달려오고 뚱보는 곧 제압당한다. 팔다리를 잡혔으나 몸부림을 치며 고함을 지른다. 간호사가 다가와 신경안정제를 주사한 다음에야 조용해진다.

뚱보여자가 잠이 들자 넷이서 어렵게 뚱보여자를 들어 침대에 누이고 양발과 양손을 침대 손잡이에 묶는다.

뚱보여자는 한동안 그렇게 묶여 자신을 돌아 봐야 한다. 자신의 생각이 아무리 옳다고 말해도 감독이나 간호사는 뚱보여자의 말을 믿지 않을 것이다.

오후가 되자 아버지와 면회를 한다. 아버지는 네 모습을 보며 씁쓸한 표정을 할 뿐이다. 아버지와 말하기 싫은지 자꾸만 눈을 다른 곳으로 돌린다.

"이곳에 있을만한 거냐."

아버지가 조심스럽게 바라본다.

"이곳이 좋아요. 이곳에서 어느 정도 치료를 받고 밖으로 나가겠어요."

아버지의 말을 일방적으로 듣기만 한다. 아버지는 성도들에게 말하듯 계속해서 성경이야기를 한다. 시선을 다른 곳으로 돌린 채 아버지의 긴 이야기를 듣는다. 한동안 설교를 하고 기도를 하자는 말을 마지막으로 말을 마친다. 아버지가 두렵다. 다시 기도원으로 보내지는 것이 싫기 때문이다. 아무리 기도원이 싫다고 말해도 너의 말은 아무런 의미를 갖지 못한다.

"기도원으로 보내는 것은 아니지요."

애원하는 눈으로 아버지를 바라본다.

"알았다."

의사와 어떤 말을 했는지 병원에 그대로 있게 해주겠다고 한다. 아마 의사는 아버지를 설득하느라 꽤 많은 시간을 할애했을 것이다. 아버지가 떠나자 안도의 숨을 내쉰다.

"이번엔 기도원으로 보내지 않을 것 같아."

그 와중에도 기도원을 떠올리며 얼굴을 찡그린다. 어둠침침한 골

방에서 자행되는 치료의 은사를 받았다는 원장의 안수기도. 사람들은 그의 손이 지나가면 비명을 지른다. 그 비명이 다른 사람들의 귀에는 마치 울부짖으며 신을 찾는 소리로 들려지기 때문에 당사자의 고통은 알 수 없다.

"아버지도 이젠 기도로는 안 된다는 것을 알았나봐."

심리적인 변화를 알려고 얼굴을 살핀다.

"나를 어떻게 생각하고 있는지 몰라."

괴로운 듯 도리질한다.

"오늘 보니 아버지가 많이 변했어."

"그렇게 보였어?"

"많이 생각했나봐."

"그렇지만 아버진 용서할 수 없는 사람이야."

"왜."

"어찌될지 알 수 없어. 너무나 이중적이라 지금 어떤 기도원을 물색하고 있는지 모르지."

"그렇지는 않을 거야. 두고 보라고."

두 무릎 사이에 얼굴을 묻는다. 눈을 감자 아이들이 찾아온다. 아이들은 웃음을 보낸다.

"여기까지 찾아온 거야."

아이들과 대화하느라 중얼거린다.

"아이들이 찾아온 거야?

"아이들이 네 명이나 왔어. 아이들의 웃음소리가 들리지 않아."

마치 아이들의 웃음소리를 듣고 있는 듯하다.

"보이지 않아. 몇 번 말했잖아 아이들은 너만 볼 수 있다고."

잠에서 깨어난 뚱보여자가 눈을 뜬다. 뚱보여자는 눈을 끔벅거려 보다가 자기가 묶여 있는 것을 보고 다시 고함을 지른다.

"야, 너 이것 풀어."

뚱보는 옆에 있는 친구에게 말하지만 어제까지 절친하게 지냈던 친구는 못들은 척 멀리로 사라진다.

"쌍년들아, 이것 풀어."

뚱보여자가 몸부림치자 육중해 보이는 침대가 들썩거린다. 감독은 저만큼에서 가끔씩 바라볼 뿐 미동도 하지 않는다. 뚱보의 손목과 발목은 몸부림으로 인해 동백꽃 무늬가 선명하다.

뚱보여자가 풀려난 것은 만 하루가 지난 후이다. 뚱보여자는 이미 잘 길들여진 고양이처럼 온순하게 변해있다. 너는 그것을 바라보고 는 꼭 낙타 같은 사람이라고 말한다.

"괜찮아?"

뚱보여자가 말한다. 어제와는 전혀 다른 언어다.

"네."

어제의 일을 떠올린다.

"이름이 뭐야."

뚱보여자가 너에게 관심을 보인다. 뚱보여자가 무섭다.

"나 괜찮은 사람여."

뚱보여자는 두려워하는 표정을 읽었는지 다가와 앉으며 부드럽게 말한다. 멀리서 감독이 그 모습을 바라보고 있다. 뚱보여자는 감독을 한차례 바라보고는 자리에서 일어나 멀리 사람들 틈으로 사라진다.

마치 다른 닭장으로 들어온 촌닭처럼 매일같이 처음에 있었던 그 자리에 쭈그리고 앉아 있다. 가끔씩 운동을 한다고 주위로 나가기는 하지만 다시 안으로 들어왔을 때는 늘 그 자리이다.

차츰 상태가 좋아지기보다는 악화되어 간다. 그것은 가장 합치되는 약을 찾기 위해 처방을 바꾸기 때문이다. 자꾸만 생각 속으로 깊게 빠져 들어간다. 개입을 해도 좀처럼 이성을 찾지 못한다.

"너, 뭐하고 있나."

뚱보여자가 다가와 말한다.

뚱보여자를 노려본다. 예전에 보지 못했던 살기로 가득하다.

"이년 보게."

뚱보여자가 다가와 주먹을 휘두른다. 가까스로 뚱보여자의 주먹을 피한 다음 곧 머리채를 잡고 늘어진다. 마치 체격이 작은 싸움개가 도사견의 목 줄기를 물고 늘어져 있듯 뚱보여자의 머리채를 놓지 않는다.

"이년 봐."

뚱보여자는 고함을 질러대며 손을 떼어내려고 하지만 그럴수록 힘을 더욱 준다. 마침 감독이 자리를 비운상태라 그 소란은 오래도록 지속된다.

연락을 받고 달려온 감독의 억센 손에 의해 떼어졌지만 그 일로 뚱보여자와 같이 곧 침대에 묶인다. 뚱보여자는 옆에서 풀리기만 하면 가만두지 않겠다며 이를 간다. 만 하루가 지나서야 비로소 몸이 풀린다.

풀려나자마자 독방으로 옮겨진다. 송이와 헤어지기는 싫지만 뚱보여자와의 마찰도 싫다. 4층으로 올라가 그곳에서 외톨이로 지낸다.

차츰 약이 맞아가면서 회복되고 있다. 회복될수록 아버지에 대한 저항 같은 반감이 생겨나기 시작한다. 담당의사와의 진료시간에 아버지의 성폭행을 고발한다. 의사는 믿으려하지 않고 하나의 증상으로 치부해 버리지만 그럴수록 알리바이를 치밀하게 조작한다. 의사는 알리바이에 넘어가지 않는다. 조작된 알리바이는 조직적이지 못하기 때문이다.

"제발 그러지 말어."

행동에 투사나 역 투사를 생각해 본다.

"너도 믿지 못하겠어."

확신에 찬 얼굴 표정을 보면서 더 이상 말을 하지 않는다.

그때부터 그 말을 자기 자신 속에 사실로 기억하기 시작하고 확대 재생산한다. 가끔씩 아이들과 대화를 하면서도 아버지와 대화한다.

"아버지 그러지 마세요."

그런 변화를 보면서 아버지에 대한 저항의 표시라 생각한다. 하지만 의사는 아버지에 대한 신뢰가 전이되었다고 말한다. 의사들이 믿지 않고 있다는 것을 안후부터 말을 하지 않는다.

5

증세가 완화되어 안정되어 간다. 아이들에게 너의 입장을 말하면서 대화를 회피하기도 하고 마음을 조절한다.

마음조절이 쉬어졌을 때 의사는 퇴원하여 혼자 힘으로 견뎌보면 어떠냐고 말한다. 가장 가까이서 서로의 의견을 말하고 보다 합리적인 방법으로 생각을 이해한다.

퇴원을 준비하고 기다리던 날은 황사가 짙게 일어 앞이 보이지 않을 정도다. 병원으로부터 연락을 받은 아버지는 너의 생각과는 상관없이 퇴원시켜 목포에 있는 기도원으로 보낸다.

기도원 원장은 교계에서도 치유의 은사가 있다고 소문이 나 있는 사람이다. 원장은 마치 술을 마신 사람처럼 얼굴이 붉고 이목구비가 뚜렷하다. 원장의 모습이 사람 좋은 듯 보이지만 기도원이라는 선입견 때문인지 풀이 죽어있다.

"왜 그래. 이곳도 사람 사는 곳인데."

두려움에 가득 찬 눈을 바라본다.

"이곳에서 도망쳐야 돼. 이곳에 있으면 얼마 살지 못 할 거야."

혼잣말을 한다.

"그동안 참았던 것처럼 참아 봐."

그 말에 아랑곳하지 않고 모든 것을 체념하고 있다.

사무실에서 들리는 기도원 원장과 아버지의 대화를 듣고 있다. 가끔씩 아버지의 가식적인 너털웃음을 들으며 그들의 처분을 기다린다. 긴 시간 동안 아버지는 원장과 대화를 하고 너는 창밖으로 보이는 음침한 숲을 바라본다. 원장은 아버지와 대화를 하는 중에도 유리창 너머로 가끔씩 너의 행동을 주시한다. 독수리처럼 예리한 눈을 갖은 원장과 눈이 마주치면 자꾸만 다른 곳으로 얼굴을 돌린다.

"잘 부탁드립니다."

얼마간 대화를 마친 아버지가 사무실에서 나온다.

"걱정 마세요. 만물을 창조하신 하나님의 힘으로 아무리 어려운 병도 고칠 수 있으니까요."

원장의 확신에 찬 말이다.

"잘 참고 있어봐."

아버지는 그렇게 말하며 손을 잡는다. 아버지의 손이 떨리고 있다는 것을 잘 안다.

"여기가 싫어요."

눈에는 그렁그렁 눈물이 맺혀있다.

"기다려 봐. 어떻게 생각할지 모르지만 내 가슴은 찢어진단다."

아버지는 그렇게 말하고 눈물을 보이지 않으려는지 서둘러 차에 오른다.

"거봐. 직접적으로 말을 않지만 아버지도 너 때문에 저러시잖아."

아버지의 차가 빠져나가는 모습을 물끄러미 바라본다.

"이리와."

원장은 아버지 차가 숲 쪽으로 빠져나가고 보이지 않자 다가오며 명령조로 말한다. 말 한마디 못하고 원장의 뒤를 따른다. 얼마쯤 걸어가자 후박나무숲에 가려진 낡고 음흉스런 건물이 보인다. 원장은 햇빛이 반사되어 눈이 시린 하얀색 페인트가 칠해진 건물의 투박한 나무문을 연다.

"들어가."

너를 안으로 들여보내고 따라 들어간다. 건물 안은 낮인데도 창이 없어 어두컴컴하다.

"여기 앉아."

원장은 그 말 한마디를 해놓고 다시 밖으로 나간다. 원장이 나가는 모습을 자세히 바라본다. 원장이 문을 열자 컴컴한 방으로 햇빛이 쏟아져 들어온다. 마치 신기루같이 밖으로 사라지고 문이 닫힌다. 다시 어두운 공간이다. 두려운 마음에 그 자리에 쭈그리고 앉아 있다. 눈이 어두움에 적응해 가자 서서히 사위가 밝아온다. 예배당인 듯한 이십 평쯤 되는 방이 클로즈업되듯 나타나더니 사람들의 윤곽이 유령처럼 나타난다. 사람들의 형체를 살핀다. 사람들은 하나같이 바른 자세로 명상에 잠긴 듯 앉아 있다. 다른 기도원과는 달리 숨소리조차 들리지 않을 만큼 고요하다. 그 자리에 쭈그리고 앉아 사람들의 숨소리를 들으려 귀를 기울인다. 움직임이 없는 사람들…… 갑자기 죽은 사람들이 아닌가 생각하고 덜컥 겁이 난다. 죽은 듯 앉아서 밖에서 들리는 바람 소리와 새 소리들을 듣는다. 스트레스 때문인지 자꾸만 아이들이 다가와 비웃듯 까르르댄다.

"이곳까지 찾아왔어."

중얼거린다.

"조용히 하라고. 저 사람들 봐. 뭐하는 걸까."

긴장되면 나타나는 환시가 걱정된다.

"정말 뭐하는 걸까. 뭐하는 걸까. 뭐하는 걸까."

긴장되는지 여러 차례 반복한다.

얼굴은 굳어 있고 상태는 급격하게 위축되어 환시와 환청이 몰려온다.

"어떻게 해."

그 자리에 엎드린다. 원장은 낯선 방에 밀어 넣고 긴장을 고조시키려고 그러는지 나타나지도 않는다. 원장의 의도대로 무서움에 떨고 있다. 너는 주먹을 쥐며 낙타처럼 되지 않을 거라며 다짐해 보지만 그때뿐이다.

모든 것이 정지되어 있는 것 같은 방 안이다. 얼마간의 시간이 지나자 앞쪽에서 문이 열리는 소리가 들리고 갑자기 불이 켜진다. 육중한 검은 물체들이 일순간에 환하게 보인다. 앞쪽 끝은 바닥에서 높게 꾸며진 단상이 설치되어 있고 그 아래로 사람들이 똑바른 자세로 앉아 눈을 감고 있다.

"자 눈을 떠요."

원장이 말하자 수행 승려들처럼 결가부좌를 튼 사람들이 신음소리를 내며 서서히 움직인다.

"여러분들은 고침을 받으러 찾아온 사람들이지요."

원장이 말한다.

"예!"

사람들은 유치원 원아들처럼 큰소리로 대답한다. 그 말은 아이들의 것과는 다른 마치 낙타가 무릎을 꿇고 자기 등에 올릴 짐을 기다리는 태도다. 사람들의 일관된 목소리에 벽이 흔들리는 것 같다. 방금 전과는 전혀 다른 분위기에 어리둥절해하며 주위를 살펴본다. 사람들은 원장을 신이나 되는 것처럼 그의 일거수일투족을 주시하며 부동자세로 앉아 있다.

"하나님을 믿으세요. 무조건 말입니다. 그러면 여러분이 처한 어려운 문제들이 저절로 해결 될 것입니다. 믿음이 중요합니다. 여러분들이 가지고 있는 고통스런 병들은 마귀의 짓입니다. 마귀를 여러분의 힘으로 물리쳐야 되는 것입니다."

원장의 말은 한 시간가량 계속된다. 말의 요지는 믿으면 병도 나을 수 있고, 어려움에 처해 있는 모든 것도 다 해결된다는 것이고, 자기에게 하나님께서 특별한 은사를 주어 자기가 행하는 안수가 많은 사람들의 병을 고쳤다고 말한다. 끝으로는 자신은 신의 사자이기 때문에 자신을 신처럼 믿으라 말했다.

"원장님을 한 번 믿어봐."

고개를 숙이고 있다.

"모르겠어. 어떻게 해서든 이곳을 빠져나가야겠어. 이곳은 나와는 익숙하지 않은 곳이야."

마음을 잡지 못한다.

"이제부터는 통성으로 기도해야 합니다."

원장의 목소리를 들은 사람들은 그때부터 기계적으로 제각기 울부 짖으며 기도한다. 통곡하는 소리와 알아들을 수 없는 방언기도. 방바 닥을 두들기는 소리들. 고개를 들고 사람들을 바라본다. 원장은 앞에 있는 사람들부터 차례로 머리에 혹은 가슴에 손을 대고 기도하고 기 도를 받는 사람들은 그의 손에 무엇이 있는지 고함을 지르며 아우성 친다. 어떤 사람은 그 자리에 고꾸라져 거품을 토해내고, 어떤 사람 은 몸부림을 친다.

"미치겠어. 이런 곳에 또 왔어."

그 자리에 엎드려 운다.

"사람 사는 곳인데. 참아보자."

너의 등이 가느다랗게 떤다.

아우성치는 틈에 원장이 다가와 등에 손을 올리고 기도한다. 죽은 듯 그 자리에 엎드려있다. 그 모습은 연약한 한 마리의 작은 새처럼 가냘프다. 원장이 얼마간 기도를 마치고 지나간다. 사람들은 제각기 자기들이 소원하는 것들을 부탁한다. 원장이 쪽문으로 나가고도 한 동안 기도는 계속된다. 그 자리에서 일어나 가장자리로 가 벽에 등을 기대고 앉아 있다. 사람들이 기도를 마치고 나가면서 낯선 너를 이상스런 눈초리로 바라본다. 얼마지 않아 사람들이 어디론지 다 빠져나가자 그 안에는 혼자다.

"다들 어디로 간 거야."

텅 빈 공간에서 두리번거린다.

"은혜는 왜 거기에 있어."

한 시간여 시간이 흐르자 원장이 들어온다.

영문을 몰라 어리둥절한 모습으로 원장을 바라본다.

"사람은 일을 해야 하는 거야. 예수님도 3년 동안 일을 했잖아. 나를 따라와."

원장은 그 말을 하고는 앞서 나간다. 원장의 뒤를 따라 간다. 원장이 가는 곳은 양지 바른 곳에 있는 과수원이다. 예배당에 모여 있던 사람들이 흩어져 일을 하고 있다. 어떤 일을 해야 할지 몰라 그 자리에 서서 사람들이 일하는 모습을 바라본다. 어떤 사람들은 과일나무 아래에 구덩이를 파고 어떤 사람은 그 구덩이에 거름을 넣고 묻는다. 원장은 감독에게 너를 넘기고 사무실 쪽으로 사라진다.

"뭐하나."

감독이 독수리눈을 하고 다가와 바라본다.

"예?"

병원에서와 마찬가지로 이곳에서도 감독의 눈은 매섭고 차갑다.

"이거 받고 저 나무 아래 구덩이를 파요."

그 사람은 삽을 주고 한 그루 나무를 가리킨다.

삽을 손에 쥐고 나무 아래로 향하지만 삽을 들어보기는 난생처음이라 어떻게 할지 일하고 있는 사람들을 바라본다.

"이렇게 하는 거요."

감독이 손수 삽질을 해 보인다. 감독이 하는 대로 삽질을 하지만 제대로 되지 않는다.

"조금씩 익혀가며 일해요."

감독은 사람들이 일하고 있는 곳을 돌아다닌다.

원장은 그날 저녁이 돼서야 사람들에게 너를 소개시켰고, 그날 저녁 이곳에서는 어떤 병이든 성령으로 치료해야 한다며 가져온 한 달 분의 약을 원장이 회수한다.

"이 약은 먹어야 합니다."

겨우 말했지만 원장은 은은하고 음흉스런 미소를 보이며 성령의 불이 깨끗하게 치료할 거라 말하고 약을 가지고 어디론지 가버린다.

기도원으로 오기 전 의사의 말을 떠올린다.

"누가 뭐라 해도 이 약은 복용해야 해요. 알았죠."

그때 의사는 걱정스런 표정으로 기도원에서 약을 빼앗으려 해도 주지 말라고 말했다.

"어떻게 저럴 수 있는 걸까.?"

오늘따라 너무도 연약해 보인다.

"이제 어떻게 해야지."

자꾸만 원장이 사라져간 문쪽을 바라본다.

아무도 너를 반기는 사람이 없다. 사람들은 같이 있으나 서로 의사 소통을 하지 않고 감독의 지시나 목사의 지시에 따라 기계적으로 움직인다. 사람들 모습을 하나하나 클로즈업해서 떠올려 보아도 온전한 사람은 없다.

"어떤 사람들인지 알아?"

한동안 침울한 표정을 한다.

"아직은 파악하지 못했어."

이곳에 모인 사람들 대부분이 의사로부터는 이미 사형선고가 내려진 사람들이거나 현대의학으로는 치료할 수 없는 사람들이라고 생각한다.

"아버지는 왜 이런 곳으로 보내는 것인지."

혼잣말을 한다.

무릎에 얼굴을 묻고 있는 너를 바라본다. 계속하여 어깨를 떤다. 어깨로부터 시작된 긴 곡선을 따라 눈부시도록 하얀 너의 목덜미를 바라본다. 눈이 시리다.

산속이라 그런지 밤이 빨리 찾아온다. 밤이 되자 감독이 문을 연다.

"이리로 와요."

감독은 마치 오갈 곳이 없는 사람을 적선이나 하는 사람 같다.

"따라 가자."

잡아끌어도 감독의 모습만 바라볼 뿐 움직이지 않는다.

"가야 돼."

귓속말을 한다.

겨우 일어나 마지못해 감독을 따라 나선다.

"할 수 없어요. 사람은 많지……"

감독은 앞서 가며 말한다.

감독의 말이 무엇을 의미하는지 잠시 생각하며 걷는다.

숲 속으로 얼마쯤 들어가자 가건물이 나온다. 가건물 주위에 사람들 몇몇이 어슬렁거린다. 숙소로 배정받은 헌 컨테이너 방은 4평 남짓 되어 보인다. 문을 열자 사십대 초반의 여자가 퀭한 눈으로 바라본다. 방으로 들어가지 않고 여자의 얼굴을 바라본다. 얼마가 지나자 바라보던 여자는 기침을 하기 시작하더니 끝날 기미가 보이지 않는다. 여자의 고통스런 표정을 바라보며 서 있자 여자는 기침 중에 들어오라고 손짓을 한다. 여자의 얼굴을 바라보며 조심스럽게 안으로 들어간다.

"이리 앉아요."

기침이 멎자 여자가 겨우 말한다.

여자의 눈은 십 리나 들어갔음직하고 눈 주위가 검어 더욱 깊게 보인다. 여자의 눈을 바라보는 순간 이상한 광채 같은 것을 느낄 수 있다.

"오래 살지는 못할 것 같아."

너의 귀에 조그맣게 알려준다.

"왜."

흠칫 놀란다.

"눈빛을 보라고."

여자의 눈을 뚫어져라 바라본다.

"왜 그렇게 봐요."

여자는 뚫어져라 바라보는 네가 이상한지 어렵게 자리를 고쳐 앉는다.

"이곳에 오래 계셨나요."

여자에게 최대한 부드럽게 대한다.

"일 년 넘었으니까."

여자는 겨우 그 말을 하고 다시 기침을 한다.

"어떤 병으로……"

조심스럽게 말한다.

"결핵인데 다 나았어요. 우리 원장님이 고쳐주셨지요."

여자는 겨우 그 말을 하고 끊임없이 낮은 옥타브의 기침을 한다.

그때서야 사무원의 말을 이해한다.

"결핵은 옮기는 병인데."

조심하라는 투로 말한다.

"다 나았다잖아."

"확실할까."

여자의 말을 의심한다.

"병원에 가보았나요."

여자에게 확인해 본다.

"병원을 뭐 하러 가나."

너의 표정을 살핀다.

"예?"

너는 알 수 없다는 듯 여자를 바라보기만 한다.

"원장님이 고쳐주십니다. 이제 이곳으로 들어왔으니 원장님 말씀을 믿으세요. 그럼 나처럼 구원도 받고 지금 처해 있는 어려움도 해결해주실 것입니다."

여자는 기침이 나오는 것을 억지로 참는다.

"여자에게서 떨어져 있어야 해."

앉은걸음으로 뒤로 물러서 반대편 벽에 기대앉는다.

"왜. 아직 낫지…… 않은 것…… 같아서?"

여자가 겨우 말하고 기침을 한다.

"허리가 좋지 않아서……"

웃음을 지어 보인다.

기침을 쏟아내던 여자가 휴지조각으로 입을 막는다. 하얀 휴지에 붉은 피가 마치 동백꽃잎처럼 피어난다. 여자의 병이 이미 깊어져버렸다 생각하고 지켜보기만 한다.

"주여 감사합니다."

여자는 그 와중에도 주를 외친다.

여자의 얼굴은 기침의 고통으로 일그러져 있었으나 피를 바라보고 희열에 찬 얼굴로 변한다.

"이걸 봐요."

여자는 하얀 휴지 위에 검붉은 핏덩이를 바라본다.

펼쳐 보이는 검붉은 핏덩이를 바라보고 얼굴을 찡그린다.

"피잖아요. 피. 괜찮아요?"

걱정스런 표정이다.

"이걸 보라고요. 이것이 암 덩인데 내 가슴에서 빠져나오고 있어. 이걸 보라고."

기침과 희열의 웃음. 고통. 이런 것들이 한데 엉겨 있는 여자의 얼굴을 바라본다.

"무서워."

중얼거리듯 속삭인다.

"조심해야겠어. 가까이 가서는 안 돼. 알았지."

더는 말하지 않고 가끔씩 여자의 모습만 살피고 쭈그리고 앉아 얼굴을 무릎에 묻는다.

깊은 잠을 자지 못하고 여자의 앓는 소리와 끊임없는 기침 소리를 듣는다. 여자는 그 와중에도 새벽 4시가 되자 어김없이 꿈틀거리며 어렵게 일어선다.

"벌써 4시야. 예배당으로 가야지."

비틀거리며 밖으로 나간다.

여자가 나가며 열어놓은 문으로 코발트색 하늘이 보이고, 그 속에 빛을 잃어가는 별들이 깜박인다. 하늘을 바라보며 생각에 잠긴다. 어제부터 먹지 못한 약 때문인지 자꾸만 아이들의 모습이 선명하게 보인다.

"저 별들을 봐."

생각이 멀어질 수 있도록 자꾸만 말을 건다.

"아이들이 왔어."

다시 아이들과 이야기를 시작한다.

"몇 명이나 되는데."

얼마나 깊숙이 빠져 있는지 알아본다.

"다섯인데. 바로 이 앞에 있어."

눈은 벌써 피로에 지쳐 붉어져있다.

"별을 봐."

아이들과 중얼거리는 너에게 집중하지 못하도록 한다.

"하늘이 너무 맑아."

의도한대로 일시적으로 집중을 멈추고 하늘을 본다.

새벽이 오면서 숲 속에서 바람이 분다. 멀리 예배당에서 들리는 기도 소리가 바람의 강도에 따라 볼륨을 움직이는 것처럼 커졌다 작아졌다 반복한다.

"이제 어떻게 해야 해."

하늘을 바라보는 표정이 어둡다.

"조금 후면 저 사람은 죽겠지."

아무렇지 않은 표정이다.

"그렇긴 하지만."

감정 없이 말한다.

"자기가 죽는 다는 걸 모르나 봐."

계속 하늘을 바라본다.

"소망을 가지고 살다가 죽는 것이 나을지 모르지. 산다는 소망 말이야."

조심스럽게 살핀다.

"아직 사람이라고 거짓이라는 것을 알고도 그런 소망을 가지라는 거야. 이곳을 떠날 거야."

중얼거린다.

"너희들도 이곳이 좋아."

다시 아이들과 대화를 시작한다. 아무도 없는 방이라 중얼거림은 확실한 단어가 되어 움직인다.

"아침이 밝아오네."

시나브로 하늘이 뿌연 은빛으로 바뀐다.

여자는 두 시간이 다 되어도 오지 않는다.

"왜. 예배에 참석하지 않았나."

감독이 문을 연다.

"참석해야 하나요."

화난 감독의 표정이다.

"원장님의 설교가 하루에 세 번인지 알거 아닙니까."

감독은 마치 잘못한 일을 한 사람에게 꾸짖듯 고압적인 자세이다.

"알아요. 용서해 주세요."

감독의 얼굴을 바로 보지 못한다.

"한 번 예배에 빠지면 하루를 굶어야 합니다. 조용히 금식하면서 반성하세요."

감독은 문을 힘껏 닫고 예배당 쪽으로 사라진다. 문이 닫히는 소리가 긴 여운을 남긴다.

여자가 온 것은 열 시가 다 되어서다. 여자는 숨이 차는지 가슴을 움켜쥐고 지쳤는지 반대편 벽에 기대 앉아 있다. 백짓장 같은 이마에 식은땀이 맺혀 있다가 이내 바닥으로 떨어진다.

"그러다 큰 병 얻겠어요."

근심스런 표정이다.

"이것이 다 나아가는 증상이랍니다."

"그래요……"

할 말을 잃었는지 여자에게서 눈을 뗀다.

햇빛이 방 안으로 들어온다. 철망이 쳐있는 창 앞에 서서 밖을 바라본다. 후박나무 뒤로 소나무 숲이다.

"이제 과일밭으로 일하러 가야 하는데……"

여자가 자리에 눕는다.

"그 몸으로 어떻게 일 하겠어요."

"무슨 말이야."

여자는 어렵게 다시 일어선다.

"오늘은 쉬시는 것이 좋을 것 같아서요."

여자가 놀란다.

"걱정 마세요. 일을 해야 합니다. 원장님께서 일을 하지 않는 사람은 먹지도 말랬어요. 성경에 나오는 구절이기도 합니다."

꾸역꾸역 어렵게 일어서 밖으로 나간다. 여자가 기침을 하며 힘겹게 예배당이 있는 쪽으로 내려가는 모습을 바라본다.

"애들아, 저기 좀 봐."

어렵게 걸음을 떼고 있는 여자를 바라본다.

"왜 웃어."

아이들이 웃고 있는지 따라 웃는다.

여자가 사라지고 적막이 흐른다. 가끔씩 바람이 불어와 머리카락을 흔들고 방 안에 있는 습한 것들을 쓸어낸다.

하루 동안 너와 아이들 그리고 가슴 깊은 곳에서 울려나오고 있는 것들과 이야기하면서 지낸다.

한 번도 예배당으로 가지 않고 방 안에 쭈그리고 앉아 있다. 가끔씩 감독이 찾아와 그 모습을 보고 가지만 무엇 때문에 감독이 모습을 살피는지 알 수 없다. 밤 열 시가 되어서야 여자가 지친 몸을 이끌고 들어온다.

"예배에 참여하지 않으려면 이곳에 무엇 하러 온 거야."

여자는 어렵게 쪼그려 앉는다.

"오고 싶어서 온 것이 아닙니다."

밖으로 나온다.

솔잎에 스치는 바람 소리가 들린다. 별들은 고향에서나 이곳에서나 같은 장소에 있다. 큰 소나무 그늘 아래 쪼그리고 앉아 하늘을 바라본다.

"어때."

말을 걸어본다.

"별이 밝아 좋아."

아침부터 아무것도 먹지 않아 힘이 없는지 조그맣고 가냘픈 음성이다.

"내일은 꼭 새벽 기도에 나가. 여자와 같이 가면 되잖아."

힘없는 모습을 바라본다.

"그렇게 비굴하게 사는 것보다는 차라리 죽어버리겠어."

비장한 표정으로 자세를 고쳐 앉는다.

새벽이슬이 내릴 때까지 그곳에 쪼그리고 앉아 있다가 방으로 들어간다. 불을 켜둔 채로 잠이든 여자는 아무렇게나 구겨져 있다. 이불로 여자를 덮어주고 여자의 반대편에서 벽에 기대앉아 잠이 든다. 꿈속에서 머리를 풀어헤친 여자가 자꾸만 웃으며 덤벼든다. 어딘지 모를 깊은 산속으로 도망쳐 보지만 여자는 귀신처럼 자꾸만 앞에서 나타나 차가운 웃음소리를 남기고 사라진다. 잠자는 내내 여자에게

서 숨바꼭질 같은 탈출을 시도해보지만 헛일이다. 식은땀을 흘리며 잠을 깬다.

"오늘도 새벽 기도에 나가지 않을 거야?"

여자는 퀭한 눈으로 걱정스럽게 바라본다.

못들은 척 아무 말도 하지 않고 무릎에 얼굴을 묻고 있다. 한동안 너를 바라보다가 밖으로 나간다.

"극성이야."

여자가 나간 문을 바라본다.

"오늘은 가 봐야지."

오늘도 나가지 않으면 하루를 더 굶어야 한다고 생각한다.

"싫은 곳에 왜 가나."

아직 어둠이 여문 창밖을 바라본다. 검은 그림자 같은 주변의 나무가 마치 괴물처럼 바람에 움직인다.

"사람들은 싫어도 일을 하잖아."

굴복시키거나 생각을 꺾지 않으려고 되도록 조용하게 말한다.

"이건 그런 것과는 달라."

"하지만……"

그 자리에서 꼼짝하지 않는다.

열 시가 다 될 무렵부터 쪼그려 앉아 있지 못하고 그 자리에 아무렇게나 구겨져 누워 있다. 여자가 들어와 물끄러미 바라보다가 밖으로 나간다. 여자가 나가고 얼마 되지 않아 감독이 여자와 함께 찾아온다.

"오늘도 새벽 예배에 참여하지 않았어요?"

그때서야 일어서 감독의 얼굴을 똑바로 바라본다.

"강제로는 예배에 참여 하진 않아요. 죽으면 죽었지."

그 말에 감독은 불쾌한 표정을 하다가 밖으로 나간다.

"무엇 때문인지 몰라도 참아요."

여자가 지금까지 보여준 태도와는 전혀 다른 표정이다.

"예배는 가고 싶을 때 가는 것이지 강제로 가야 합니까."

여자에게 날을 세워 말한다.

"원장님이 안수를 하는 시간이라 참석해야 하는 겁니다. 나도 이런 몸으로 예배만큼은 참석하잖아요."

여자가 힘없는 음성으로 사정하듯 말한다.

"나는 그렇게는 못합니다."

단호하게 말하고 다시 자리에 눕는다.

"저 사람들을 꺾지 못해요."

여자는 반대편 자리로 향한다.

"그래 고개를 숙이는 척해야 해. 이러다가 굶어 죽을 지도 몰라."

걱정스럽게 바라본다.

끔쩍도 하지 않는다.

"지난번에 열흘을 굶고…… 겨우 살아서 예배에 참여한 사람이 있었어요. ……나는 얼마 살지 못합니다. ……겨우 숨만 할딱이는 것 같지 않나요. ……할 수없이 예배에 참여합니다. 내가 죽어가고 있다는 것을 모르겠습니까. ……하지만 할 수 없습니다. 이곳을 나가면 갈 곳도 없고 아이들이 있기는 하지만 아이들이 저를 원하지 않아요. 그래서 이렇게 죽기만 기다리고 있는 것입니다. 고통 없이 죽어야 할 텐데……"

겨우 말을 마친 여자는 다시 도와 미 사이의 음향으로 끝없는 기침을 시작한다.

"나아간다고 하지 않았습니까."

다시 힘없이 일어나 여자를 바라본다.

"당신도 광신도인줄 알았습니다."

여자는 휴지로 입을 가리고 기침을 한다. 선홍빛 피가 휴지를 뚫고 손가락 사이로 새어나온다.

"그럼 병원으로 가야지요."

괴롭게 기침을 하고 있는 여자에게 다가간다.

"저리로 가세요. 병이 옮을까 두렵습니다."

여자에게 다가가자 여자는 기침을 하며 손으로 다가오지 못하게 한다.

"……무슨 돈으로 병원으로 갑니까. ……의사의 말로는 삼 개월을 ……산다고 했습니다. ……벌써 이 개월이 넘었으니 죽을 날도 …… 그만큼 가까워졌고요."

여자는 그 말을 끝으로 엎드려 긴 기침을 쏟아낸다. 괴로워하는 여자를 멀리서 지켜보기만 한다.

"어떻게 할 거야. 여자의 말대로 억지로라도 예배에 참석하라고."

여자를 바라보고 있는 너를 바라본다.

"……부 ……부탁이야 예배에 참석해."

기침을 하던 여자가 겨우 말한다.

"네 맘을 알아 그렇게 하자."

잠시 생각에 잠겨 있다.

"……어떤 병이야."

여자가 슬픈 눈으로 너를 바라본다.

"……정신병."

머뭇거리다가 겨우 말한다.

"이곳에도 정신병 환자가 있었어요. 여자인데 지난달에 나갔지."

어렵게 말하는 여자의 이야기를 들으며 고통 속에 살았을 여자를 생각한다.

"……한 번 모든 걸 잊고 ……신께 매달려봐."

여자는 계속해서 말하지만 귀에 들어오지 않는다.

"낫는다는 보장도 없이 어떻게."

비관적인 표정을 한다.

"……모든 걸 잊게 해주는 것이 ……이 방법이었거든. ……할 수 없잖아."

여자는 기침이 나오는지 이불을 둘러쓴다.

"그렇게 해보면 어때."

그렇게 말하고 표정을 살핀다.

"……안 돼."

울음을 터트린다.

연약한 등을 쓸며 다시 잠들기를 기다린다. 완전히 탈수상태이고 얼마 시간이 지나자 마치 죽은 듯 고요하다. 무릎에 기대 숨을 할딱인다. 숨소리는 집중하여야 겨우 들린다. 앞에 있는 여자도 움직이지 않는다.

그날 저녁이 돼서야 겨우 금식에서 풀어진다. 그것도 아버지가 목사라는 것과 원장과 얼마간 안면이 있는 것으로 인한 것이다.

그때부터 하는 수 없이 예배에 참석한다. 예배가 끝난 너에게는 특별 안수기도가 행해진다. 하루에 한 번 꼴로 음침하고 이슥한 두 평 남짓한 기도실로 끌려가 안수를 받는다. 원장은 몸 구석구석을 마음대로 주무르며 고함을 질러댄다. 원장의 목소리는 대부분 '마귀야 물러가라' 라는 고함 소리고 그 소리는 열 번이 넘게 반복된다. 우악스럽게 꼬집고 눈을 누르는 원장의 거친 손을 참지 못하고 매번 쓰러져 정신을 잃고 말지만 원장은 마귀가 빠져나가고 있다고 말하며 자신의 신통력을 사람들에게 과시한다.

봄답지 않게 진눈개비가 내린다. 창가에 서서 밖을 내다본다. 반대편에서 앓는 소리를 내던 여자가 언제부턴지 조용하다. 소나무 잎에 떨어지는 진눈개비가 물이 되어 흘러내리다가 이내 쌓여가는 모습을 바라본다.

생각 속에 자꾸만 아이들이 찾아오고 아이들의 환시와 환청 때문에 잠을 이루지 못해 눈이 십 리나 들어가 있다. 끝없이 밀려드는 생각들 때문에 고생을 하는 것을 알면서도 네 안에서 더 이상 개입하지 못한다. 이미 약효가 떨어져 버렸고, 움직임은 자의 보다는 기계적으로 움직이는 타의가 점령해 버려 손을 쓸 수 없다.

반복되는 생활에 익숙해 있고 주기적으로 안수를 받는다. 원장은 성령의 불로 치료를 받아야 한다고 말하며 고함을 질러대고 그때마다 고통을 참지 못하고 비명을 지르다가 기절을 하곤 한다.

"여자의 숨소리가 들리지 않아."

생각에 빠져 있는 너에게 말했지만 귀를 기울이지 않는다. 네가 나와 각각의 정신으로 존재해 있는지가 벌써 오랜 기간이 지났다. 너와 나는 완전히 분열된 상태이다. 이미 불완전한 만족상태에서 생활하고 있으며 너는 너의 증상을 즐긴다. 너는 이미 정신적으로 황폐화의 길로 접어들고 있고 이것을 극복하려면 수년은 족히 걸릴 것이다. 아니 영원히 극복하지 못할 상태로 빠져버릴 수도 있다. 잠시 정신이 드는지 움직임이 없는 이불 속의 여자를 바라본다.

"여자의 숨소리가 들리지 않는다고."

정신이 다시 허공 속으로 빠져들 것이 두려워 너의 귀에 속삭이듯 말한다.

"잠을 자는 거 아냐."

정신이 드는지 무릎걸음으로 여자에게로 다가가 천천히 이불을 들춘다. 여자는 고통스런지 미간에 주름이 잡힌 채 눈을 감고 있다. 삭정이처럼 메말라 있는 여자의 가슴에 손을 넣어본다. 여자의 가슴은 이미 식어 있고 탄력이 없어 보인다.

"가슴이 뛰지 않아."

두려운 표정으로 뒤로 물러선다.

"왜 그래."

진정시킨다.

"가슴이 뛰지 않아. 죽은 걸까."

눈을 동그랗게 뜨고 앉아 있던 자리로 돌아가 몸을 움츠린다.

"그렇게 하고 있으면 어떻게 해."

감독에게 알리라고 한다.

"어떻게 해야 하는데."

어쩔 줄 몰라 망설이고 있다.

"죽은 것이 확실한지 흔들어 보고 아래로 내려가 말해야지."

뛰는 가슴을 부여잡고 다시 여자에게로 다가간다.

"일어나 봐요."

여자를 흔들자 마치 막대기처럼 움직인다.

"죽은 것이 분명해."

밖으로 나간다. 너무 놀라 신발도 제대로 신지 않고 한달음에 달려
가 사무실에 알린다. 책상 앞에 앉아 있던 감독이 아무렇지 않다는
듯 밖으로 나온다. 긴장하며 감독의 뒤를 따르지만 감독은 마치 여러
번 겪어본 사람처럼 차분하다. 이불을 걷어치우고 가슴에 손을 넣어
본 감독은 이불을 덮고 일어난다.

"어떻게 됐나요."

무섭도록 차분한 감독을 바라본다.

"이미 죽은 지 오래됐어요. 여기서 기다리세요. 곧 사람을 불러 시
체를 치울 것이니."

감독이 아래로 내려간다.

방에 들어가지 못하고 밖에서 서성거린다. 여자의 긴 기침 소리가
귀에 들리는 것 같아 손가락으로 귀를 후빈다. 가끔씩 혹시나 하는
생각에서 방을 바라보지만 움직임이 없다. 여자의 이불에는 탈색된
희미한 연분홍 목단이 그려져 있다.

얼마 후 인부들이 들것을 들고 도착하여 여자를 데려간다. 뒤에 처
져 이불과 옷가지들을 모아 불을 지르는 한 남자에게 말한다.

"여자를 어떻게 하나요."

"이곳이 산중인데 적당한 곳에 묻어야지요."

남자는 옷가지에 불이 붙자 곧 아래로 내려간다.

여자가 떠나고 나자 방은 텅 비어 있다. 방을 둘러보며 여자가 누웠던 자리를 바라본다. 마치 여자가 이불 속에서 고통스럽게 기침을 하는 것이 보이는 것 같다. 두려운 눈으로 창밖을 바라본다. 여자의 것들이 이글거리며 타고 있다. 불꽃을 바라보며 중얼거린다.

"이곳을 떠나야겠어."

자리에서 일어나 우거진 숲으로 들어간다. 갈참나무와 영감나무가 발에 걸리고 긁힌다. 가시에 긁혀 종아리에 피가 흐르지만 느끼지 못한다. 음습하고 어두운 곳을 지날 때마다 여자의 긴 기침 소리가 귀에 들린다.

"어디로 갈 건데."

생각 없이 산을 헤맨다.

"몰라."

자꾸만 혼자만의 세계 속으로 빠진다. 더 이상 너의 행동에 제약을 가할 수 없다. 날이 어두워 오기 시작한다. 깊은 산속에 갇혀 있지만 그것을 모른다. 나뭇잎을 보고 웃기도 하고 아이들과 즐겁게 이야기하면서 산속을 헤맨다. 이미 어두워진 산속은 적막하다. 발걸음과 발에 채인 나뭇가지가 꺾이는 소리와 간간히 불어오는 바람 소리만 들린다. 그 와중에도 불빛을 찾는다. 먼 곳에서 마치 반딧불처럼 희미한 불빛이 보인다. 그곳만 바라보며 걸어간다.

"조심해서 가야 해."

계속 불빛만 바라보고 걷는다. 수도 없이 넘어졌지만 그때마다 괴상스런 웃음을 웃고 다시 일어난다. 한참 만에 불빛이 흘러나오는 곳에 도착하여 녹색가든 이라는 간판 앞에 서 있다.

"이곳에서 빛이 흘러왔어."

허공에 대고 큰소리로 웃는다. 코발트색 하늘에는 노란불빛의 수많은 별이 내려보고 있다가 갑작스런 너의 웃음소리에 움찔댄다.

"누구요."

인기척을 느꼈는지 녹색가든 안에서 남자가 문을 연다.

그 자리에 서서 바라보는 남자를 뚫어져라 바라본다.

"누군데."

남자는 입가에 있는 음식 찌꺼기를 손으로 닦으며 다가온다. 가까이 다가온 남자는 너의 흉물스런 모습을 보고 뒤로 물러선다. 머리는 이미 흩어져 까치집을 연상시키고 있고 숲을 빠져나오느라 너의 옷차림도 여러 곳 찢어져 넝마처럼 되어 있다.

"여기가 어디요. 히히히히"

의미 없는 말을 하고는 크게 웃으며 하늘을 바라본다.

남자는 안으로 들어가 문을 잠근다. 그곳에 서서 남자가 들어간 문을 바라보다가 한길을 따라 걸어간다.

"기다렸다가 이곳이 어디인지부터 알아봐."

대꾸도 없이 걷는다. 하늘에는 별이 가득하고 별들은 한없이 노란불빛을 토해낸다. 얼마 후 부드러운 잔디가 깔린 묘지 앞에 앉는다.

"별이 너무도 크지."

또 아이들과 이야기를 한다.

"아이들과 만나는 거야?"

아무리 개입하려해도 너와는 이미 관계가 성립되지 않는다.

하늘을 바라보며 웃고 이야기하다 지쳤는지 그 자리에 누워 하늘을 바라본다.

"너무도 많은 별이야. 어지러울 정도로."

혼잣말을 하지만 나를 부르는 것을 안다.

"오랜만이야."

그동안 대화하지 않은 것을 아는지 미안한 듯한 표정이다.

"알고 있었어."

반갑게 말한다.

"알고는 있었지만 너무 많은 사람들이 내 곁에 있었어. 미안해."

뒤척인다.

"춥지 않아?"

나직하게 말한다.

"마음이 편해."

자유로운지 누워 하늘을 보며 발을 움직인다.

"이젠 종종 우리가 대화를 해야 돼."

부탁하듯 말한다.

"왜."

뜻 없이 묻는다.

"너는 요즘 너무나 변해 있었어."

대화를 하는 것만으로도 즐겁다.

"저기 저 하늘 좀 봐."

표정은 어린아이와 같다.

"하늘이 맑지?"

하늘 한가운데에서 흰 꼬리를 단 유성 하나가 어디론지 달려간다.

"그 여자는 어디로 갔을까."

여자를 생각하고 있는지 슬픈 표정을 한다.

"아마 이보다는 좋은 곳으로 갔을 거야."

위로하며 말한다.

"그랬을 거야. 아마 천국으로 갔겠지."

입가에 미소를 보인다.

"왜 웃어?"

"천국을 생각했어."

"좋아 보여."

"내가?"

"그럼 여기 누가 있나."

"미안해."

지쳐 있는 눈동자는 별을 바라보기만 한다.

음성이 자꾸만 느려진다. 졸음이 쏟아지고 있다는 것을 잘 알아 더 이상 말을 걸지 않는다.

고른 숨소리를 내며 잠이 든다. 늦게 나온 달이 푸른 하늘 한가운데 자리 잡고 있다. 하얀 얼굴이 달빛을 받아 창백하게 보인다. 별들도 졸리는지 천천히 깜박거린다. 모처럼 편안한 잠을 잔다. 날씨가 쌀쌀하지만 얼굴은 평화롭다.

오전 9시가 다 되어 햇빛이 시린지 눈을 찡그린다. 일어나 앉으며 낯선 주위를 두리번거린다.

"여기가 어디야."

추워 떨고 있다.

"어제 기억 안나?"

정신 차리라는 투로 말한다.

일어나 앉으며 주위를 다시 둘러본다.

"어제 도망쳐 나왔지."

그때서야 정신이 드는지 일어선다.

"움직여야 돼."

입에서 추위 때문에 딱따구리 소리가 난다.

"빨리 내려가야 돼."

솔밭 길로 나선다. 양지바른 언덕에 도착하여 그 자리에 쭈그리고 앉아 햇볕을 쬔다. 햇볕을 쬐며 졸고 있을 때 사람들의 웅성거리는 소리가 들린다. 눈을 뜨자 앞에서 건장한 남자 세 사람이 바라보고 있다. 직감적으로 기도원에서 왔다는 것을 안다.

"이년, 이리와."

그중 한 사람이 다가오며 머리채를 움켜잡는다.

"이거 놔."

앙칼진 목소리로 소리치지만 억센 사내의 손을 벗어날 수 없다.

"마귀새끼."

한 남자가 달려들어 따귀를 후려친다.

"이거 놔요."

울부짖으며 말하지만 그들은 놔주지 않는다.

"이년은 맛 좀 봐야 돼."

다른 남자가 주먹으로 가슴을 친다. 숨이 막혀 컥컥대다 겨우 숨을 쉰다. 그들에 의해 질질 끌려 다시 기도원에 도착한다. 그때부터 보름 동안 빛도 새어들지 않는 은밀한 독방에서 지낸다.

아버지가 찾아온 것은 독방에서 보름을 지내고 난 다음이다. 얼굴은 이미 상할 대로 상해있고 눈도 십 리나 들어가 있다. 또 숲을 빠져나오며 다리에 생긴 상처가 썩고 있어 고약한 냄새가 난다. 정신은 이미 황폐화된 상태이다.

"은혜가 왜 이렇습니까."

아버지가 원장에게 말한 일성이다.

"마귀가 너무나 깊이 박혀있습니다."

원장은 그렇게 말하고 더 이상 관리가 어렵다고 말한다.

아버지는 고통스런 표정을 하며 데리고 그곳을 떠난다. 아버지가 모는 차 안에 앉아 의미 없는 눈으로 차창 밖을 두리번거리며 가끔씩 너털웃음으로 자신의 상태를 알린다.

"미안하다. 내가 잘못했어."

병원으로 가는 동안 내내 반복해서 그 말을 한다.

병원 의사는 화가 나는지 아버지에게 큰소리로 말하며 더는 맡지 않겠다고 한다. 아버지는 중죄인처럼 고개를 들지 못한다.

"내가 죄인입니다. 제가 죄인이에요."

반복해서 그 말만 한다.

의사는 화가 나는지 자리에서 일어나 창밖을 바라보고 있고, 너는 작은 원반의자에 앉아 산만하게 움직인다. 아버지는 부끄러운지 고개를 들지 못하고 소파에 앉아 있다. 진료실 안에는 무거운 침묵이 흐른다. 그 침묵이 간간히 깨지는 것은 너의 괴상스런 짧은 웃음소리와 중얼거림, 그리고 움직일 때마다 의자에서 나는 삐걱거림이다.

"선생님 죄송합니다."

다시 사정하듯 말한다.

의사는 자리로 돌아와 너를 바라본다.

"나를 똑바로 봐요."

의사가 말하자 거짓말처럼 웃으며 의사를 바라본다.

"아픈 곳이 또 있어요?"

의사가 말하자 입가에 웃음을 흘리다 표정이 일그러지며 다리의 상처를 보여준다. 치료도 받지 않은 다리의 상처가 옷에 달라붙어 떨어지지 않는다. 의사가 다가와 간신히 옷을 떼어내자 잔뜩 성이 난 상처에서 피고름이 흐른다.

"대체 이게 뭡니까. 이러고도 당신이 하느님을 운운하는 사람이요."

의사는 화가 나는지 소리친다.

너는 갑작스런 의사의 말에 놀라 몸을 움츠리고 아버지는 계속 얼굴을 들지 못한다. 그날 다시 정신병원에 입원하고 때때로 시내 병원으로 나가 상처를 치료받는다.

6

 상처가 아물어가면서 정신병도 점차 회복되고 있다. 그러나 아버지에 대한 반감이 심해져 환시와 환촉으로 아버지가 나타나고, 그때마다 고함을 지르며 괴로워한다.

 "왜 이러는 거요. 저리 비켜요. 제발. 제발."

 병실 가장자리에 서서 고함을 지른다. 감독은 멀리서 바라보며 행동을 주시한다. 너의 행동들은 상대방을 해하는 것은 없고, 자해도 없는 혼자만의 행동이기 때문에 간호사들은 차트에 기록만 유지한다. 대화가 다시 시작된 것은 여름이 지나고 가을이 오면서부터다.

 "기분은 좀 어때."

앞에 송이가 불쑥 나타난다.

"언제 입원했어."

송이를 알아보고 반긴다.

"오늘."

"왜 그랬어."

송이는 재발을 걱정하는 눈치다.

"약을 먹지 않아 재발했지. 퇴원했었다면서?"

송이는 퇴원하여 기도원으로 갔었다는 것을 모르고 있다.

"기도원으로 갔었지."

송이는 기도원이라는 말에 얼굴을 찡그리며 바라본다.

"재발했구나."

송이는 곧 미소를 보인다.

"기도원에 한 번이라도 갔었어?"

기도원을 떠올린다.

"그럼. 이곳에 있는 사람들 치고 가보지 않은 사람들 거의 없을 거
야."

송이는 기도원이라는 말에 두려운지 주위를 살핀다.

"힘들었어. 다시는 가고 싶지 않은 곳이고."

기도원에서 있었던 일들을 떠올려 보다가 더는 생각하기 싫은지
얼굴을 찌푸린다.

"지난번에도 그곳에 갔었다고 안 했어."

걱정스런 표정으로 바라본다.

"아버지 때문에……"

그 말을 해놓고 창쪽을 바라본다.

"이제 괜찮아질 거야."

송이는 우울한 표정으로 창밖을 바라보자 다가가서 손을 잡는다.

"요즘 자꾸만 아버지가 내 앞에 나타나 나를 만져."

괴로운 표정이다.

"환시와 환촉이라고 하잖아. 인정해야지. 생각해봐 아버지가 이곳 까지 어떻게 들어오겠어."

송이는 다 나은 사람 같다.

"그건 아는데, 자꾸만 그 생각이 들어서."

떨쳐버리고 싶은데 잘 안 된다는 듯 괴로운 표정을 한다.

"견뎌야 돼. 아이들은 오지 않아?"

"아이들도 와."

눈을 감는다.

"아이들이 또 왔어."

눈을 감은 채 말한다.

"눈을 감고 생각이 깊어지니 그렇지. 의사도 말했잖아 그런 생각이 곧 증상이라고."

송이가 안타까운 표정으로 바라본다.

"그렇긴 해."

자리에 앉아 벽에 등을 기댄다. 송이는 그 모습을 살피다가 사람들 틈으로 섞인다.

"송이도 말하잖아. 그것이 증상이라고."

괴로워하는 것을 바라보기만 한다.

"증상이라고 하지만 떨쳐낼 수가 없어."

도리질한다.

"스스로 증상이라는 것을 확신해야 그 허상들을 떨쳐낼 수 있는 거야."

알았다는 듯 눈을 감는다. 가끔씩 너의 눈이 움직이는 것을 보며 생각 속으로 빠져들어 가는 것을 보고 그때마다 말을 걸어 그 속에서 빠져나올 수 있도록 한다.

"아버지가 또 왔어."

다시 아버지의 환시에 속을 허우적인다.

"제발 이제 그만 만져요."

그 말을 하지만 싫지 않은 표정이다. 행동을 보며 증상을 즐기고 있다고 생각한다.

"정신을 차려봐. 이곳에는 아버지가 없어."

소리쳐 본다.

"아니야. 내 음부에 손가락을 집어넣고 있어."

손으로 음부 쪽을 가린다.

"환촉라고 하잖아 눈을 떠봐."

조심스럽게 눈을 뜬다. 하지만 너의 말은 한동안 계속된다.

"조용히 해요."

간호사가 들어와 주의 깊게 살핀다. 허망한 눈으로 간호사를 바라본다. 그때서야 잠시 동안 환시에서 빠졌다는 것을 알았는지 미소를 보인다.

"아버지가 또 찾아왔나요."

간호사가 말하자 미소를 보이며 간호사를 바라보다가 부끄러운지 고개를 숙인다.

"자꾸만 아니라고 속으로 말해요. 이건 환시일 뿐이라고요."

간호사는 사무적으로 말하고 밖으로 나간다.

너의 상태는 지난번과 같이 회복되지 않았지만 의사소통은 가능하다.

"앉아 있지만 말고 운동을 해야 돼. 그래야 퇴원도 하지."

퇴원이라고 말하자 얼굴이 환하게 변한다.

창밖을 바라본다. 푸르던 들판이 어느덧 붉은 황토밭으로 변해 있다. 넓은 황무지에서 농부가 부스러기들을 모아 불을 놓는다. 긴 연기가 하늘로 올라가며 풀어진다. 병원 주위의 단풍나무는 붉게 불타고 있다.

"가을이 깊어 졌어."

어머니를 떠올려 본다.

"무얼 생각해."

네가 생각하고 있는 어머니를 떠올려 본다.

"어머니."

혼잣말로 어머니를 불러보고는 창 너머 푸른 하늘을 바라본다.

"깊지?"

표정을 유심히 본다.

"티 하나 없는 하늘색이야."

하늘을 바라보며 기분이 좋은지 얼굴에 미소를 띤다.

"어머니를 어떻게 생각해?"

생각하고 있는 아픈 기억을 떠올리며 묻는다.

"너도 알거 아냐."

하늘을 바라보며 말하지 않으려 한다.

"잘 몰라."

얼굴을 바라본다. 얼굴은 슬픈 표정과 그리움의 표정이 뒤섞여 있다.

"어머니가 보고 싶어?"

슬픈 표정을 보며 그 표정이 무엇인지 알아볼 겸 말한다.

"너무나 보고 싶어."

중얼거린다.

"어머니가 어떻게 돌아가셨지."

아픈 마음을 스스로 말할 수 있도록 유도한다.

"그때도 이렇게 하늘이 깊은 가을이었어. 바람은 높이 불고 있었고."

눈을 감고 그때를 생각한다.

"지금도 그때 일이 생각나?"

"그럼. 아주 생생하게 생각나."

"철길을 달려오는 어머니. 어머니……"

그 말을 끝으로 입을 다문다.

"철길을 달려오던 어머니가 어땠는데."

자꾸만 아픈 과거를 떠올리게 한다.

"더는 말을 못하겠어. 더는……"

도리질을 한다.

"네 입으로 그걸 말해야 돼."

다른 생각을 하지 않고 말할 수 있도록 유도한다.

"……"

준비가 되지 않았는지 끝내 말을 하지 않는다.

"집은 어떻게 됐을까."

괴로운 표정을 달래볼 생각으로 말한다.

"벌써 일 년이 넘었는데."

"일 년 하고도 7개월째야."

"벌써 그렇게 됐어?"

기억이 확실한지 손가락셈을 한다.

"흔들의자는 거실 한복판에 그대로 있겠지…… 먼지를 뒤집어쓰고 있는지 모르지……"

좋았던 기억을 떠올리는지 얼굴이 환하다.

"흔들의자를 좋아했지."

"그 흔들의자에 앉아 있으면 아이들이 놀러와 뒤를 밀곤 했어. 어떤 땐 천천히 어떤 땐 아주 난폭하게. 알고 있잖아. 아이들이 미는 것을."

"나는 아이들을 볼 수 없다고 늘 말했었잖아."

"하긴."

흔들의자에 앉은 사람처럼 몸을 움직인다.

"아이들이 보고 싶어."

"왜. 눈만 감으면 오던 아이들이 요즘은 안 와?"

"그게 아니고, 의사 선생님이 아이들을 마음속에서 떨쳐보라고 하니까."

"나도 그랬잖아. 너만 볼 수 있다고."

"그랬지."

"사자머리 노처녀는 어떻게 살고 있을까."

"시집갔는지 모르지."

사자머리 여자가 사슬처럼 연관되어 있는 무엇을 꺼내 보려 했지만 아무렇지 않게 말한다.

"그러네."

퇴원의 욕구를 되찾을 수 있도록 말한다.

"집 앞에 있는 향나무는 어떻게 되었을까. 올해도 많이 컸을 거야."

하늘을 바라본다.

"아크로폴리스는 생각이 안 나?"

"한 번 가보았으면 좋겠어. 검은 유리 속에 있는 사람들의 모습도 좋았는데."

집 생각으로 가득하다. 모든 것을 포기했던 모습과는 다른 모습이다.

"언제 집으로 갈 수 있을까."

중얼거린다.

"언제든 갈 수 있지."

"이 상태로는 힘들 거 아냐."

"그렇긴 하지만 관리만 잘 하면 집으로 갈 수 있을 거야."

천성적으로 차분한 성격이라 깊이 생각하고 말을 한다는 것을 잘 알고 있어 마음속에 남는 말을 한다. 창문을 연다. 쇠창살을 잡은 손이 하얗고 가느다랗다. 하늘에는 언제부터 나타났는지 하얀 파스텔 톤의 직선을 그으며 비행기가 지나간다.

"비행기 봤어?"

송이가 곁으로 다가온다.

"저기."

손가락으로 비행기를 가리킨다. 마치 어린아이 같이 천진한 얼굴들이다.

"꼭 푸른 도화지 위에 흰 크레파스로 그림을 그리는 것 같아."

송이는 마치 사진틀 속에 있는 사람들 같다.

"집에 언제가?"

둥근 눈 속에 송이의 얼굴이 고스란히 들어 있다.

"들어 온 지 얼마 안 돼."

"좋아지면 나가는 거 아냐."

"그렇긴 하지."

송이는 말하지 못할 비밀이 있는지 먼 하늘을 바라본다.

"집에 무슨 일이 있어."

송이의 슬픈 표정을 보면서 송이의 일들을 추리한다.

"태어날 때부터 홀어머니 밑에서 자랐어. ……그런데 지난번 퇴원 때 어머니가 재혼을 했거든."

송이는 머뭇거리며 겨우 말을 하고는 눈가에 흐르는 눈물을 닦는다.

"시발, 난 왜 이렇게 사는 거야."

한동안 말이 없던 송이의 입에서 색다른 언어가 튀어나온다.

"나 나름대로 열심히 노력했어. 어떻게 해서든 이 병을 이겨보려고…… 하지만 이게 뭐야. 이 꼴이 뭐냐고."

송이는 울음을 참으며 하늘을 올려다본다.

"어머니가 너 보기 싫다는 거야?"

"내겐 처음인 아버지가 생겼는데 그 아버지와 다툼이 많아. 다 나 때문이지. 같이 살 수 없을 정도야."

송이의 말을 들으며 어머니를 생각한다. 비참하게 죽은 어머니가 눈앞에서 움직인다.

"병원이 나을 것 같아서 들어왔어. 증상을 흉내 냈거든. 이곳으로 들어오려고"

"다른 길을 찾아보지."

"내가 갈 곳이 어디 있어. 어머니라도 행복해야지."

"그래도……"

"죽으려고 농약도 사 놓았고, 약국을 여기저기 다니며 수면제도 사 놓았지만 용기가 나지 않았어. 언젠가는 그 길을 택해야겠지만……"

그 말을 끝으로 슬픈 모습을 보이지 않으려는 듯 사람들 틈으로 사라진다. 웃음 뒤에 숨겨져 있는 또 다른 모습을 상상한다.

"송이는 용기가 있어."

귓속에 용기를 내라고 말한다.

"송이는 이곳으로 피해 온 건가? 아무 생각 없이 이리저리 움직이는 사람들 속으로 말이야."

뭔가 자기 혼자 생각하고 알아듣지 못할 말을 하며 작은 공간을 비집고 다니는 사람들을 바라보고 말한다.

"송이의 말대로 할 수 없잖아."

"다른 길이 없을까."

"찾아보면 있지. 하지만 사회 생활이 어두워 그 길을 찾지 못할 뿐이지."

"송이는 상태가 좋아 보여."

사람들과 섞여 있는 송이를 바라본다.

송이는 사람들과 즐겁게 이야기한다. 그것이 가식이든 아니든 생각할 것 없다고 말한다.

"속에 감추고 있는 이야기를 서슴없이 말하는 것을 보면 상태가 좋다는 반증이고, 그것이 용기 있는 사람이라는 거야. 너는 무조건 낙타가 싫다고 하지만 최소한 사자가 되려면 용기가 필요해."

표정을 바라본다. 대꾸 없이 푸른 하늘만 바라본다.

"아버지 이야기는 잘도 하던데."

하늘만 바라보고 있어 용기를 내라고 주입시킨다.

"어떤."

"아버지가 만지고 있다고 말했잖아."

고개 숙인다.

"……사실이 그래."

더듬거리며 겨우 대답한다.

"정말 너의 아버지가 그랬단 말이야?"

다그친다.

"그래."

처음엔 생각을 생산하며 겨우 말했지만 이제는 사실처럼 말한다.

"다시 말해봐."

말을 확실하게 할 수 있도록 다그친다.

"아버지가 날 괴롭혔어. 그리고 내 자궁을 손으로 만졌고, 그 속에 손가락을 넣어 나를 흥분시켰지. 얼마나 고통스러웠는지 알아. 너는 모를 거야. 그 고통을. 그리고 최종에 아버지는 자기 바지를 내리지."

그 말을 해놓고 고통스러운 장면을 연출하며 얼굴을 찡그리지만 그 속엔 즐거움이 숨어있다.

"문제야……."

중얼거린다. 이제 스스로 생산한 말을 네 속에 넣고 다니면서 마치 사실 그랬던 것처럼 상상할 것이고, 그 일을 치유한다는 것은 또 다른 어려움이 될 것이라 생각하며 천진스럽게 연출하는 너를 바라본다.

"누차 말했지만 제발 생각을 즐기지 마."

절규하듯 말한다.

"하지만 생각대로 안 돼. 눈을 감으면 자꾸만 생각이 떠올라."

마치 무엇에 중독된 사람 같다.

"그 일들이 고통스럽다고 스스럼없이 말하지만 너의 표정은 그렇지 않아."

강한 어조로 숨길 수 없도록 말한다.

"송이가 부러워."

대답을 회피하며 천진하게 사람들과 이야기에 열중인 송이를 바라본다.

"뭐가 부러워?"

자신에게 관심을 가지라는 투로 말한다.

"얼마나 솔직해."

그 말을 하고는 슬쩍 바라본다.

"밖으로 나가고 싶어."

동정이라도 얻어 보려는 표정으로 바라본다.

"이 상태로는 곤란해."

더 이상 즐거운 놀이를 못하도록 못을 박는다.

"알았어. 더 이상 이상스런 생각은 하지 않을게."

그 말을 끝으로 눈을 감는다.

창문 아래 쪼그리고 앉아 있다. 사람들이 주위를 지나갔지만 사람들에게 눈길 한 번 주지 않는다. 아버지에 대한 또 다른 망상이 자꾸만 너를 사로잡는다. 그럴 때마다 망상이라고 말하지만 그건 망상이 아니고 스스로 만들어 그 증상들을 즐긴다고 말한다. 아니라고 부정하면서 내 말을 경청한다. 가끔씩 자신이 그러는 것일까? 하고 생각하다가도 생각의 결과는 늘 그 생각이 맞다고 생각한다. 너는 어떠한 현상도 관념 속에서 나오고 그 관념을 현상으로 이해한다. 생각에 제동을 걸기 시작하자 제동을 방어하기 위해 행동을 크게 한다.

"너희들이 왜 그러는 거야! 나는 나야! 알아!"

갑작스런 고함 소리에 감독이 놀라며 주시한다. 한 번도 하지 않은 행동에 대해 감독은 망설인다. 간호사가 철창 밖에서 놀라는 표정으로 바라본다. 한동안 너를 바라보며 생각에 잠겨 있던 감독은 근무일지에 뭔가를 기록하고는 내버려둔다. 혼자 소리를 지를 뿐 다른 사람에게 해를 끼치지 않기 때문이다.

"뭐하는 거야."

한차례 소리를 지르고 자리에 앉자 말한다.

"사람들이 놀려."

천진하게 주위를 훑어본다.

"어떤 사람이."

접근에 대한 방어를 위한 행동이라는 것을 안다.

어떤 사람이라도 너를 숨기지만 나는 속을 다 알고 있다. 그 후부터 가끔씩 고함지르는 것에 취미를 붙인다. 간호사와 감독이 고함 소리에 아랑곳하지 않고 못 들은 척하자 차츰 횟수를 늘려가며 고함을 지른다. 고함 소리를 들으며 너의 방어적인 태도가 자꾸만 불완전한 만족에서 오는 습관이라 생각한다.

"야, 이년들아! 나를 찾아와."

가끔씩 고함을 지른다.

그때다. 고함을 지르려고 입을 벌리는 순간 감독이 다가와 손으로 우악스럽게 입을 막아버린다. 발버둥쳤지만 감독의 손을 벗어나지 못한다.

"이거 놔요."

눈에 불을 켜고 감독에게서 떨어져 나오려 하지만 간호사들과 환자들이 제지한다. 곧 그들에게 들려 침대로 향한다. 허공에서 발버둥쳐보지만 허사다.

"혼이 나야 그 짓을 고칠 수 있어."

감독은 침대에 누이고 손과 발을 묶는다. 침대 위에서 벗어나려고 발버둥치지만 침대만 흔들릴 뿐이다.

"나 좀 풀어줘. 나 좀."

계속 고함을 지르지만 풀어줄 사람은 없고, 동정의 모습조차 보이지 않는다.

"왜 그랬어."

지쳐 있을 때 송이가 찾아온다.

"나 좀 풀어줘. 부탁이야."

눈물을 흘리며 부탁한다.

"알잖아. 풀어주면 나는 감독한테 죽는다는 것을."

송이는 미안한 듯 그 말을 하고는 더는 보지 못하겠는지 감독의 눈치를 보며 자리를 피한다.

"야! 이거 풀어줘!"

얼마간 말없이 누워 있다가 다시 울음 섞인 목소리로 고함을 지른다. 주위에 사람들이 많지만 외면한다. 수차례 몸부림을 치지만 네 손과 발을 묶은 로프가 손을 더욱 밀착할 뿐이다. 몸부림치다 옷에 오줌을 싼다.

"제발 이러지마. 제발."

그 말을 끝으로 잠잠해진다.

얼마 후 잠이 든다. 그때서야 송이가 곁에 와 바닥으로 흘러내린 오줌을 닦는다. 손목은 이미 동백꽃잎 같이 벌겋게 피멍이 들어 있고, 눈은 눈물로 범벅이 된 상태다.

만 하루 만에 침대에서 풀린다. 풀려나온 후 한숨만 내 쉴 뿐 소리 지르지 못한다.

7

　속임수 같은 자기 자신도 모르는 불완전한 만족이 탄로 나자 그 후로 고함을 지르지 않는다. 그런 속임수는 누구나 다 알 수 있는 거라며 다시는 그런 비겁한 행동을 하지 말라고 말한다. 그때마다 무안한 듯 멋쩍은 웃음을 보낸다.

　"감독이 갑자기 묶은 것은 의사가 미리 지시해 놓았던 거고 의사는 너의 행동을 정확히 파악하고 있어."

　그런 행동을 하지 말라고 못 박듯 말한다.

　그 일이 있고 한 달이 지나자 퇴원수속을 밟는다. 송이는 곁에 와 부러운 눈으로 바라본다.

"어디로 가는 거야."

송이가 다가온다.

"집으로."

빗질을 멈추고 송이를 바라본다.

"좋겠네. 부럽다."

송이는 옆에 서성거리며 부러운 눈으로 바라본다.

"나 혼자 사니까 언제든지 나오면 연락해. 같이 살 수도 있으니까."

송이에게 빈말을 했지만 같이 살 수도 있을 거라 생각한다.

병실에 안면 있는 사람들이 퇴원을 축하한다 말하며 다시는 들어오지 말라고 말한다. 그들에게 겉으로는 미소를 보였지만 긴장한다. 이번에도 아버지가 기도원으로 보낸다면 자살이라도 해야겠다고 다짐한다.

"퇴원하게 되었으면 기뻐해야지."

고민을 알고 있어 긴장을 풀게 한다.

아버지는 분명 집으로 보내지 않을 수도 있다. 그간에도 상태가 최상을 유지하고 있으면 꼭 엉뚱한 곳으로 보냈기 때문이다.

오후가 지나서야 아버지가 도착한다. 첫 대면에서 아버지의 얼굴을 똑바로 바라본다. 혹시나 또다시 기도원으로 보내지나 않을까 해서다.

"집으로 가나요."

아버지에게 반갑다는 말보다 그 말을 먼저 한다.

"기도원은 가지 않는다."

아버지는 자기가 알아서 할 것이니 시키는 대로 하라는 듯 행동한다.

"집으로 갈 겁니다."

아버지를 바라보며 직감적으로 집으로 가지 않고 다른 곳으로 향하리라는 것을 느낀다. 퇴원 전 담당의사와 면담한다.

"이번에는 약을 잘 먹고 자기관리를 잘 해야 합니다."

의사는 묵묵히 카드에 뭔가를 기록한다.

"선생님 약은 잘 먹겠습니다. 저는 집으로 가요."

아버지로부터 받은 느낌 때문에 안절부절 어쩔 줄 몰라 한다.

"아버지께서 말하지 않았어요."

의사가 바라본다.

"아무 말도 하지 않았습니다."

의사를 바라보는 표정은 밝지 않다.

"요양원으로 간답니다."

의사는 그 말을 해놓고 안심하라는 듯 조용히 미소를 보낸다.

"요양원요?"

못 믿겠다는 듯 의사를 바라본다.

"그곳은 기도원과는 다릅니다. 잘 관리를 한다면 좋아질 것입니다."

의사는 자신의 생각을 보이지 않기 위해 사무적인 말로 한다.

의사의 눈을 똑바로 바라본다. 의사는 눈길을 피하며 기록만 하고 있다.

"우선 한 달분의 약을 조제했으니 그곳에서 생활하면서 약은 꼭 드셔야 해요."

의사는 그 말을 마지막으로 카드를 덮는다. 진료실을 나와 기다리고 있는 아버지를 바라본다.

"의사 선생님께서 뭐라 그러던."

표정을 본 아버지는 일어선다.

"요양원이 어떤 곳이죠."

요양원이라는 낯선 단어를 들어본 적이 없다.

"의사가 말하더냐."

아버지의 표정을 살핀다.

"요양원은 너 같은 사람들이 생활할 수 있도록 만들어 놓은 시설이야."

아버지는 말 속에 좋은 곳이라는 의미를 부여한다.

"그곳에는 어떤 사람들이 가나요."

두려운 모습이다.

"같은 병이 있는 사람들이 가지."

아버지는 아무렇지 않다는 듯 말한다.

"그럼 병원이나 다름없는 곳이잖아요."

아버지를 노려본다.

"집으로 간다면 얼마지 않아 또 병원으로 들어가게 되어 있어."

그렇게 말한 아버지는 투약실 앞으로 다가간다.

"집으로 가지 않으면 차라리 이곳에 있을 거예요."

가지 않겠다는 듯 소파에 앉는다.

"참아 봐 그곳은 한 번도 가보지 않은 곳이잖아."

슬픈 표정으로 바라본다.

"도저히 참지 못하겠어."

가쁜 숨을 몰아쉬며 투약실 앞에 있는 아버지를 노려본다.

"이젠 할 수 없어. 퇴원 명령도 떨어졌고 약도 조제되었어."

받아들이라 말한다.

"내가 집으로 가지 못하는 이유가 뭘까."

그 말을 중얼거리고는 생각에 잠긴다.

"가자."

아버지가 일으켜 세운다.

"안 돼요. 저는 이곳에서 살 겁니다."

그렇게 말하며 버틴다.

한동안 소리를 지르며 저항한다. 밖이 소란하자 의사가 진료실에서 나온다.

"왜 그래요."

의사는 두 사람 앞에 서 있다.

"딸년이 말을 듣지 않아요."

"은혜야. 아버지 말을 들어야지. 그리고 그곳이 힘들면 다시 와."

의사는 그렇게 말하고는 한동안 은혜를 바라보다 다시 진료실로 들어간다. 의사가 진료실로 들어가자 진료실 문을 바라보며 울음을 터트린다. 주위에 있는 사람들의 시선이 모두 너와 너의 아버지로 향한다.

"일어나 한 번 가보자."

달래듯 말한다.

힘없이 일어나 아버지가 몰고 온 검정색 승용차에 오른다.

"제가 집으로 가면 아버지에게 어떤 불이익한 일이 일어납니까."

운전하고 있는 아버지를 바라본다.

"네가 병을 극복하기를 바라는 것뿐이다."

아버지는 룸미러로 바라보며 말한다.

"그건 구실이에요."

아버지를 증오하듯 바라본다.

"내 마음 좀 알아줬으면 좋겠다. 나로서는 너에게 최선을 다하는 것이야."

"그래 아버지를 믿어봐."

진실해 보이는 아버지를 바라보며 말한다.

"위선자일 뿐이지."

아버지에 대한 태도는 완강하다. 아버지는 그때부터 말없이 앞만 보고 운전한다.

"어떤 위선일까."

차분하게 묻는다.

"집으로 가면 신도들이 목사가 자식 병 하나 고치지 못하느냐고 말할 것이고, 그 말이 돌다보면 무능한 목사로 낙인이 찍힐 것이고, 그것이 두려운 것이지."

중얼거린다.

"그건 지나친 비약 같아."

지나친 연상을 경계한다.

"저걸 보라고, 이 지경으로 만들어 놓고 저는 거룩한 척하는 저 모습을 말이야."

아버지를 증오에 찬 눈으로 바라본다.

"그것은 망상이라고 하지 않았나."

"그때는 망상이라고 말했지만 그건 실제 있었던 일이야."

한차례 몸을 부르르 떤다.

중얼거리는 소리를 들었는지 못 들었는지 계속 앞만 보고 있다. 한동안 곧은길로 차를 몰던 아버지는 남원 쪽으로 핸들을 꺾는다.

"그 말은 안 했으면 좋겠어."

마음을 안정시킨다.

"아니야."

"그곳도 사람들이 있는 곳이고, 그곳 생활이 너를 위해서는 더 좋을지 모르지."

위로한다.

"이건 느낌인데 그곳에서 빠져나오기는 힘들 거야."

절망적인 얼굴이다.

"어떻게 알아."

"송이가 그 말을 했거든. 자기도 집에서 요양원으로 보내려 한다고."

요양원에 대하여 알지 못한 사람처럼 말했으나 조금은 알고 있다. 요양원은 같은 종류의 병을 앓는 사람들이 살아가는 곳이고 평생 그곳에서 지내는 사람도 있다고.

차가 넓은 도로로 향하고 있다. 가을걷이가 끝난 텅 빈 들녘에 흙먼지를 일으키며 바람이 지나간다.

얼마간 달리던 차는 산길을 택하여 들어간다. 양옆으로 산이 있고,

그 산 사이 협곡으로 조그만 비포장 길이 보인다. 가끔씩 실천이 도로를 횡단하여 흐르고 차는 물을 튀기며 실천을 가로지른다. 파스텔 톤으로 갈아입은 가을 산을 바라보며 생각에 잠긴다.

"왜 그렇게 심난해."

"색깔이 좋아."

어두운 오렌지색으로 온통 물들어 있는 가을 산에서 눈을 떼지 않는다. 차가 삼십여 분 산길로 들어가자 현수교 모양을 한 요양원 정문이 나타난다. 하늘색 반원형의 정문 위로 벧 · 엘 · 요 · 양 · 원 이라고 쓴 검정색 글씨가 원호를 따라 한자씩 또박또박 붙어있다. 아버지는 정문 옆에 있는 초소에 들러 뭐라 이야기를 하고는 다시 차에 오른다. 조약돌로 된 길 양옆으로 들국화와 구절초가 피어 가을을 이야기하는 것 같다. 주차장에 차를 주차시키고 사각 박스 같은 건물로 들어간다. 너는 차에 남아 낯선 주위를 살핀다. 기도원과는 다른 분위기지만 첫 인상부터 고압적이고 질서를 요구하는 뭔가가 있을 것 같은 느낌이다.

"이런 곳에 이런 집이 있었네. 깨끗하지."

두려운 듯 이리저리 낯선 환경을 살피고 있는 너에게 말한다.

"느낌이 자유롭지 못한 곳 같아."

두려운 모습으로 주위를 살핀다.

"하지만 처음이라 그렇지 익숙해지면 괜찮을 거야."

설득을 했지만 안색에는 변화가 없다.

"아버지가 나오네."

시선을 먼 곳에 두고 있자 말한다.

"이리 나와."

아버지는 선입견을 잘 안다는 듯 강압적인 언어를 구사한다. 말없이 아버지 뒤를 따른다.

"이곳에서 잘 적응하며 지내봐."

사무실 쪽으로 향한다. 사무실을 열자 여섯 명의 사무원이 일제히 바라본다. 그들은 모두 무표정한 사람들이다. 아버지는 원장실이라고 명판이 붙은 곳으로 들어간다.

"이 아이가 그 아이입니까."

두툼한 안경을 낀 통통한 사람이 바라본다.

"예. 잘 좀 부탁드립니다."

아버지는 깊숙이 고개를 숙인다.

"인사드려 원장님이셔."

아버지가 표정을 살핀다.

"처음 뵙겠습니다."

두려움에 떨고 있다.

"이리로 앉으시죠."

원장이 앞자리에 앉으며 아버지를 바라본다.

"많이 좋아 보이네."

원장이 힐긋 바라본다.

마치 팔려온 개처럼 원장의 눈초리를 피하며 고개를 숙이고 있다.

"병원에 오래 있어서……"

아버지는 뒷말을 흐리며 너를 바라본다.

"이 병은 쉽게 고쳐지지 않는 병입니다. 그러나 좋아 보이네요."

원장은 너에게서 시선을 떼지 않는다.

"이 아이 때문에 늘 죄지은 사람처럼 삽니다."

"다들 힘들어해요."

원장은 아무렇지도 않게 말한다.

"이름이 뭐지.".

원장은 마치 자신에게 팔려온 애완견을 바라보듯 한다.

"……김은혜입니다."

머뭇거리다 겨우 대답한다.

"그래요. 예쁜 이름이네요."

원장이 인터폰을 누른다.

"이리 좀 들어와요."

원장이 말하자 얼마 되지 않아 건장한 사내가 들어온다.

"이제 아버지는 가야 되니 인사드려요."

겨우 아버지를 한 번 바라보고는 사내 쪽으로 간다.

"6실로 배치하세요."

원장이 말하자 사내는 문을 연다. 사내가 따라오라는 말이 없었어도 도살장으로 향하는 소처럼 사내의 뒤를 따라간다.

차 소리가 나자 뒤를 돌아본다. 아버지가 타고 온 차가 정문을 빠져나간다. 아버지의 차가 정문을 빠져나가 보이지 않을 때까지 그 자리에 서 있다.

"빨리 갑시다."

사내가 강압적으로 말한다.

소나무 숲을 돌자 흰 건물이 나타난다. 흰 건물이 가을 햇빛을 받아 눈부시다. 사내는 검은색으로 6실이라고 쓴 건물 쪽으로 향하며 음산한 눈빛으로 바라본다. 사내의 눈빛을 피해 몸을 움츠린다.

"이리와요."

사내는 6실 검은색 철문을 연다.

검은색 철문이 뻑뻑하게 열리면서 쇠 소리를 낸다.

철문 안으로 들어서자 군대 막사의 내부구조와 흡사하다. 십여 명의 사람들이 미소를 띠며 바라본다. 그들의 눈빛이나 입가의 미소가 낯이 익어 보인다. 의미 없는 웃음과 의미 없는 눈빛. 정신병동에서 늘 보아왔던 그런 것들이다.

"오늘 새로 온 사람입니다. 여러분들이 선배들이니 이곳의 수칙을 잘 숙지할 수 있도록 하세요."

사내는 짤막한 말을 남기고 나간다.

"야, 너 소망병원에서 왔지."

깜짝 놀라며 그 사람을 바라본다. 한 눈에 알아볼 수 있는 사람이다.

"이곳에 계셨어요."

그 사람은 병원에서 보았던 뚱보여자다. 병원에서 너와는 좋지 않은 일로 서로 떨어져 있었지만 이곳에서 보니 반갑다.

"아버지가 목사라고 하던데 어떻게 이곳으로 왔어."

뚱보여자가 반가운 얼굴로 다가온다.

"반갑습니다."

"이리와 여기에 앉아."

뚱보여자가 자기가 앉았던 자리를 손으로 쓸며 말한다.

"이곳에 온 지 얼마나 됐어요."

"벌써 육 개월이 넘었지."

뚱보여자는 손을 꼭 잡는다.

"이곳은 어때요."

뚱보여자를 바라본다.

"어떻게 여기까지 왔어. 아직 젊은데."

뚱보여자는 시원한 대답을 하지 않는다.

"아버지와 같이 왔어요."

뚱보여자가 대답을 회피하는 이유를 생각한다.

"아버지는 가셨나."

뚱보여자는 잠시 생각하다 말한다.

"……예."

머뭇거리며 겨우 대답한다.

"왜 이런 곳으로 보냈을까."

뚱보여자가 혼잣말을 한다.

"이곳이 힘든 곳인가요."

두려운 표정이다.

"그렇지는 않은데 이곳에 있는 사람들 대부분은 장기입소자들이라서……"

뚱보여자는 말하지 않으려다 겨우 말한다.

"이곳 생활은 걱정 마. 내가 있잖아."

뚱보여자가 마치 폭력배 보스처럼 주위를 한차례 둘러본다.

"이곳에서는 어떻게 생활합니까."

"아침 6시에 일어나 아침체조를 하고 주위 청소를 한다. 청소가 끝나면 세면장으로 가 세면을 하고. 아침식사 그리고 작업. 12시 점심 그리고 작업. 6시 일과 끝. 10시 취침."

뚱보여자는 마치 군대 생활 같은 하루 일정을 간략하게 말해준다.

"별게 아니네요."

뚱보여자에게 미소를 보인다. 뚱보여자도 미소에 화답이라도 하듯 미소를 보였지만 그 미소 속에 담긴 것을 잘 알고 있다.

"이곳에서는 일을 하지 않아도 상관없어. 하지만 할 것이 없으니 일이라도 하는 거지."

뚱보여자는 그 말을 끝으로 벽에 등을 기대고 눈을 감는다.

"상태가 좋아지면 밖으로 나가야지요."

모든 것을 포기한 것 같이 말하는 뚱보여자를 위로하듯 말하자 뚱보여자가 씁쓸한 미소를 보낸다.

"여기서 나가면 갈 곳이 없어."

한동안 말이 없던 뚱보여자가 입을 연다.

"왜요."

가족이 없다는 것을 상상하지 못했는지 뚱보여자의 얼굴 표정을 바라본다.

"아무도 나를 보호해줄 사람이 없는 거지."

뚱보여자가 씁쓸한 표정을 한다.

"그럼 혼자인가요."

"부모는 죽고, 남편과 헤어진 지도 오래 되었어."

뚱보여자는 창쪽으로 시선을 돌린다. 막사에 비해 조그만 창 때문에 실내가 어두웠지만 뚱보여자의 서글픈 눈은 어둠 속의 초승달처럼 빛난다.

"기도원에 갔다고 들었는데."

뚱보여자가 실눈을 뜨고 바라본다.

"목포에 있는 기도원에 갔었습니다."

그 말을 해놓고 기도원에서 있었던 일들을 떠올린다. 자꾸만 묘지 앞에 누워 별을 바라보던 기억이 선명하게 떠오른다.

"일은 어떤 일입니까."

"상태가 좋은 사람은 밖에 나가 일하는 사람도 있지만 대개가 외주로 받아오는 단순한 박스접기, 전자제품의 조립이나 납땜하기 등이지."

뚱보여자는 시원찮은 일이라며 쉽게 말한다.

"돈은 줍니까."

"하루 내 일해 봤자 일이천 원이 전부야."

그 말을 한 뚱보여자는 주위를 돌아본다.

"병원하고는 분위기가 다른 것 같네요."

두려운 눈으로 주위를 돌아본다.

"여기에 있는 사람들은 오랜 투병생활로 모두 지칠 대로 지쳐 있어."

이야기하고 있을 때 한 사람이 지나가며 누런 이를 드러내고 미소를 보낸다.

"이곳에 있으면 병이 더 나겠습니다."

지나간 사람의 뒷모습을 바라본다.

"이곳에 들어온 이상 참아야지."

뚱보여자가 그 말을 해놓고 사람들 쪽으로 걸어간다. 병원에서는 그렇게도 당당해 보였던 뚱보여자가 이곳에서는 기가 죽어 있다.

늦가을이 되면서 날씨가 추워진다. 퇴원하면서 가져온 약이 떨어져가고 있을 때 요양원에서는 비닐하우스를 만들어 그곳에 상추와 쑥갓 같은 농작물을 심는다. 농작물을 가꾸는데 취미가 있고, 그 일을 소일거리로 삼고 있다. 머리 모양이나 옷차림과 같은 것에는 전혀 신경을 쓰지 않는다. 봐줄 사람도 없고, 그럴 필요도 느끼지 않는다. 그곳에 있는 사람들 모두가 그렇다.

약이 떨어지자 병원에서 복용하던 약과 똑같은 것으로 먹게 해줄 것을 요구했으나 그곳에서는 일주일에 한 번 꼴로 찾아와 진료하는 의사가 처방해주는 약을 복용하라 말한다. 그들의 말은 형식적으로 너에게 어떠냐는 식으로 의견을 듣지만 사실은 강제성을 띤 요구나 똑같다.

"여기에서는 여기 법이 있는 거야. 로마에서는 로마법을 따라야 한다고 하잖아."

요구가 받아드려지지 않자 뚱보여자가 위로하듯 말한다.

"하지만 이건 아냐."

신경이 예민한 만큼 약의 부작용도 심하다는 것을 알고 있지만 예민하게 반응한다.

며칠을 요구했지만 받아들여지지 않자 하는 수 없이 요양원에서 증상에 따라 한꺼번에 구입한 약을 복용한다. 얼마가 지나자 약의 부작용이 서서히 나타나기 시작한다.

"첫눈이야."

뚱보여자가 박스 접는 손을 멈추고 창밖을 바라보며 말한다.

흰 눈이 소리 없이 떨어진다. 작업장에 있는 모든 사람들은 창밖으로 시선을 돌린 채 첫눈을 바라본다.

"첫눈이야. 창밖을 봐."

너는 우울한 표정으로 만든 종이상자를 바라보고 있다.

"첫눈이 오면 어때."

밖을 바라보지 않고 왁자지껄 떠드는 사람들을 바라본다.

"소원을 빌어봐."

기분이 좋아질 수 있도록 유도해 본다.

"소원?"

아무런 희망이 없다는 표정이다.

"그래."

"희망도 소원도 없는 곳에서 어떻게 살아가."

무심하게 습관적으로 상자 접기에 열중한다.

"일합시다."

작업감독이 말하자 사람들이 일제히 다시 작업을 시작한다.

"여기들 보세요."

사내 한 사람이 신입 한 명을 데리고 나타난다. 많이 본 듯한 얼굴이라 자세히 바라본다.

"송이 아냐."

만들던 종이박스를 팽개치고 송이에게 다가간다.

"잘 아는 사이인가."

송이를 데려온 사내가 말한다.

"병원에서 같이 지냈어요."

"그럼 이곳 사정을 잘 말해 줘요."

그 말을 마친 사내는 송이를 두고 나간다.

"웬일이야. 이곳까지."

송이의 손을 잡는다.

"그렇게 됐어. 이곳으로 퇴원한 거야?"

송이는 다소 놀랐다는 표정으로 바라본다.

"여기도 있어."

뚱보여자가 손을 들어 표한다. 송이는 뚱보여자에게 반갑다는 듯 손을 흔든다.

"어느 곳으로 배정받았어?"

"6실."

송이는 무슨 뜻인지 몰라 하는 얼굴이다.

"우리랑 같네."

"뭔데."

"그건 막사 번호야."

"막사?"

"병원으로 말하면 병실의 이름이지."

한동안 송이와 이야기를 하다가 종이상자 접는 요령을 알려준다.

"이게 소일거리야. 이거라도 없으면 시간도 가지 않고 심심해서…… 일은 하지 않아도 상관없어 하지만 모든 사람들이 심심하니 소일거리로 일을 하지."

뚱보여자가 했던 말을 반복한다. 저만큼에서 바라보던 뚱보여자가 미소를 보낸다.

하루가 다르게 환시와 환청이 몰려든다. 다시 아이들과 중얼거리기 시작하고 혼자 웃는다.

"힘들어?"

괴로운지 중얼거리며 얼굴을 찡그린다.

"아이들이 자꾸만 말을 걸어와."

그 말을 하고는 막사 벽에 등을 기댄 채 쭈그리고 앉아 있다.

"참아야 돼."

부작용을 심각하게 바라본다.

자꾸만 부작용으로 인하여 또다시 나와 단절되어 가고 있다. 아이들과 이야기하는 소리가 커지고 중얼거리는 소리 역시 정확한 단어가 되어 튕겨 나온다.

"아이들이 찾아오는 거야?"

송이가 걱정스러운 눈으로 바라본다.

"아이들과 이야기를 하고 있으면 시간 가는 줄 몰라. 저것 봐 들리지 않아."

흐뭇한 미소를 보내며 아이들과 이야기한다.

"얼마나 귀여운지 몰라. 아이들이 천재인가 봐."

"왜."

"구구단도 다 외우고, 글씨도 다 알아."

"몇 살인데."

"세 살."

자꾸만 아이들 속으로 빠져든다. 송이는 그 모습을 지켜보며 아이들과의 대화가 어떤 것인지 상상해 본다.

"이제 그만 생각해."

생각에 깊이 빠져 중얼거리는 너에게 정신을 차리라 표시한다.

"너희들 여기가 어디인지 알아."

중얼거림이 차츰 완전한 발음으로 바뀐다. 같은 막사에 있는 사람들이 너를 보며 웃는다.

"집을 생각해보지 않았어."

자꾸만 생각을 돌려본다.

"집."

갑자기 정신이 드는지 생각에 잠긴다.

"그래."

"가고 싶어."

다시 창쪽으로 눈을 돌린다.

"집 앞에 향나무는 그대로 있을까."

"그대로 있겠지."

"나는 어떻게 되는 걸까."

슬픈 표정을 한다.

"다 나으면 집으로 가면 되지."

"아니야 난 영영 집으로 가지 못할 거야."

"왜 그렇게 약한 소리를 하지."

"내 말이 맞을 거야."

눈엔 눈물이 고여 있다.

"어떻게든 되겠지."

그 말밖엔 더 할 수 없다.

멀리서 뚱보여자가 중얼거리고 있는 모습을 걱정스러운 눈으로 바라보다 다가온다.

"자꾸만 아이들이 생각나?"

큉한 눈으로 뚱보여자를 바라본다.

"보이지 않아?"

뚱보여자는 너의 모습을 바라보기만 한다.

"약을 바꿔먹었나 증상이 심해지는 것 같아요."

송이가 어떻게 해야 할지 뚱보여자를 바라본다.

"이곳에서 그 병원 약은 주지 않아."

뚱보여자가 송이를 바라보며 안타깝다는 표정이다.

"그럼 나도 이 약을 다 먹으면 은혜가 먹는 약을 먹어야 하나요."

"그럴 수밖에 없어."

송이는 뚱보여자의 말을 듣고 걱정스런 표정을 한다.

"저길 봐."

뚱보여자가 턱으로 사람들이 있는 곳을 가리킨다.

"왜요."

송이는 그곳에 있는 사람들을 바라본다.

"저곳에 있는 사람들과는 이야기가 통하지 않아."

뚱보는 걱정스런 표정을 하며 사람들이 있는 곳으로 간다. 송이는 계속 중얼거리는 소리를 듣고 있다.

날이 갈수록 약물에 따른 부작용이 눈에 보일 정도로 심해진다. 얼마가 지나자 이미 다른 사람으로 변해 있고, 중얼거리는 소리도 고함 소리로 바뀌어져있다. 가끔씩 송이가 찾아와 말려보기도 하지만 듣지 않는다.

"이렇게 하다가는 묶이게 될 거야."

뚱보여자가 심각한 표정으로 말했지만 상관하지 않는다. 뚱보여자가 걱정스런 표정을 하며 주위에서 떠나가고 송이가 곁에서 보살핀다.

"씨발놈. 왜 나를 이렇게 만든 거야."

계속 떠들어 댄다.

"뭐야."

소리를 지르고 있을 때 사내 두 명이 다가오며 말한다. 짧은 언어였지만 그 속에 함축되어 있는 목소리는 서늘하다.

"비켜."

잡으려는 사내들의 손을 강하게 뿌리친다.

"이년 보게."

사내는 뿌리치는 가냘픈 손을 잡고 비튼다. 사내의 손에서 빠져나오려고 몸부림치지만 억센 사내의 손은 놓지 않고 더욱 세게 비틀면서 너를 들고 나간다. 입은 이미 사내들의 손에 막혀있어 소리를 지를 수 없고 몸부림만 칠뿐이다. 한적하고 이슥한 구석진 방으로 끌려가 쇠창살에 손이 묶이고 다리가 묶인다. 소리를 지르지 못하도록 재갈을 물린 사내들은 밖으로 나가버린다. 그곳을 빠져나오려고 몸부림치지만 빠져나올 수 없다. 철문이 닫히고 난 다음부터는 암흑이다. 퀴퀴한 냄새와 축축한 습기를 온몸으로 느낄 수 있다. 아무리 고함을 질러대도 목소리는 입 밖으로는 새어나가지 않는다.

그곳에서 하룻동안 아무것도 먹지 못하고 묶여 있다가 풀려나온다. 손목과 발목은 피멍이 들어 검붉게 물들어 있고 몸부림을 쳐서인지 머리칼이 흩어져 까치집을 연상케 한다. 큉한 눈으로 들어가 있었던 문을 바라본다. 회복실이라는 미화된 표시가 눈에 들어온다.

"이제 소리 지르지 마."

풀어준 사내가 그 모습을 보며 말한다. 사내들의 습기 절은 서늘한 눈빛을 보며 고개를 숙인다. 사내들이 어디론지 사라지자 한동안 그 자리에 주저앉아 있다가 일어선다. 걸음걸이는 풀이 죽어 흐느적거린다. 겨우 6실까지 걸어와 침상에 쓰러진다. 뚱보여자가 그 모습을 보고 있다가 달려와 이불을 덮어준다. 하룻동안 깊은 잠에 빠진다.

그후부터 복용하는 약에 수면제를 첨가해서인지 늘 힘없이 졸음에 빠져 취한 듯한 나날을 보낸다. 6실 안에는 너처럼 수면제 속에 취해 있는 사람이 절반이다.

아이들과 만나 중얼거릴 틈도 없이 잠에 빠지곤 한다. 얼굴은 이미 백지장같이 희고 어둠 속에서도 흰 얼굴이 보일 정도이다. 눈동자는 초점이 없다. 그렇게 서서히 죽어가고 있다. 나는 너와 단절된 상태에서 나대로 허우적거린다. 생각 속에 개입하여 작용해야 할 본분을 잊어버리고 방황하며 지켜보기만 한다.

8

아버지가 찾아온 것은 심한 탈수현상을 보이고 있을 때다. 목소리
조차도 약에 취해 어눌하게 변해 있다.

"어떻게 된 거냐."

놀란 눈으로 바라본다.

초점이 없는 멍한 눈으로 아버지를 바라보지만 느낌이 이미 없다.
자꾸만 눈이 감기고 입가에는 침이 흐른다. 아버지를 보고도 대답조
차 하지 않는다.

"원장님, 이거 어떻게 된 겁니까."

아버지가 원장을 노려본다.

"약을 바꿔 먹다보니 부작용이 있는 겁니다. 이 병은 약을 바꿔 먹을 때 부작용이 있어요."

원장의 태도는 태연하다.

"안되겠습니다. 당장 퇴원하겠습니다."

아버지는 화가 나있다.

"흔히 있는 일입니다."

원장은 오히려 답답하다는 표정이다.

"안정되어 가던 아이가 이 모양인데 괜찮다니요."

아버지는 원장을 번갈아 바라본다.

"정말 답답합니다. 믿고 맡겼으면 지켜봐야지요."

원장은 얼굴을 붉히며 오히려 화를 낸다.

"이곳에 더 놔두었다가는 사람 잡겠소."

아버지는 너의 입가에 흘러나온 침을 손바닥으로 닦는다.

"할 수 없어서 이곳에 입소시킨 거 아닙니까."

원장은 퇴원하면 될 거 아니냐는 투다.

"알았소. 지금 당장에 퇴원하겠소."

그렇게 하여 요양원에서 퇴원하였고, 곧 병원으로 향한다.

"정말 송구스럽습니다."

아버지는 또다시 의사 앞에서 고개를 숙이고 있다. 의사는 말없이 창밖을 바라본다. 창밖으로 펼쳐진 황무지에 바람이 불어 흙먼지를 일으킨다. 구릉 위의 병원은 늘 바람이 많다.

"다시 봄입니다."

의사는 황무지를 바라보며 혼잣말처럼 조용하게 말한다. 아버지는 의사의 말이 어떤 뜻이 있는지 상상한다.

"이제 모든 걸 선생님께 맡기겠습니다. 한 번만 더 제 딸을 부탁드립니다."

아버지는 죄인처럼 의사를 바라본다. 하지만 의사는 조용하다. 무거운 침묵이 흐르자 마른침만 삼킨다.

"은혜가 이곳으로 들어오던 때를 생각했습니다. 그때도 봄이었습니다. 그때 어린 은혜가 겪어야 할 험난한 길을 생각해 보니 의사로서 정말 답답했었습니다. 이곳에 들어오는 많은 사람들이 있습니다만 은혜는 더욱 기억이 생생합니다."

의사는 계속 창밖으로 시선을 돌릴 뿐 아버지를 바라보지 않는다.

"제가 정말 무지했습니다."

아버지는 의사의 뒷모습을 바라보며 애원한다.

"이 병은 분명 어떤 이유가 있습니다. 그것을 알아내야 되는데 그 일이 쉬운 일이 아닙니다. 내가 은혜를 맡고 있지만 은혜의 가슴 깊은 곳에 자리 잡고 있는 것을 지금도 알지 못합니다. 스스로 그 말을 해야 하는데 자신도 그것을 모를 수 있어서 어렵습니다. 유추하고 판단은 하지만 늘 내 관념 속에서 내리는 판단이라 정확하지 않아요."

의사는 정신병의 어려움을 말하며 쉽게 판단하여 행동하지 말라고 완곡하게 말한다.

"어쩌면 은혜의 가슴 깊은 곳에 숨어 있는 무엇을 발견하고 그것을 끄집어내는 것이 첫 번째 치료의 목표인지 모릅니다. 은혜의 가슴 깊은 곳에 있는 그 기제들은 현상으로 나타나지 않고, 전이 또는 투사나 역투사로 나타나기 때문에……."

의사는 움직이지 않는다. 아버지는 의사의 표정을 상상하며 답답한 표정을 한다.

"은혜 아버지께서 은혜를 데리고 들어오세요."

의사는 한동안 창밖을 바라보다 결심이 섰는지 돌아선다. 아버지는 의사의 생각이 무엇인지 상상하며 밖으로 나간다.

진찰실로 들어왔지만 고개를 들 힘도 없다.

"멀리 갔다 왔나."

의사의 말은 환자들이 안심할 수 있을 정도로 조용하다.

의사 앞에 앉아서도 조용하게 앉아 있지 못하고 산만하게 움직인다.

"불편한 곳 있어요."

의사는 표정을 살핀다.

"아버지가 자꾸만 만져요. 그리고 집에서 겁탈해요."

사실이라는 것을 강조하듯 의사를 똑바로 바라본다.

"아버지가 어떻게 했어. 한 번 자세히 말해 봐요."

의사는 눈동자를 똑바로 바라본다.

"아버지가 옷을 벗겼어요."

생각하느라 눈동자가 빠르게 움직인다.

"어떻게."

"강제로."

실제 있었던 것처럼 서슴지 않고 말한다.

"강제로 어떻게."

의사는 계속해서 구체적인 것을 묻는다.

"이렇게 붙들고."

눈동자는 자꾸만 움직이며 실제로 있었던 행동처럼 한다.

"그럼. 아버지도 옷을 벗었나."

"예."

"아버지의 몸에 무엇이라도 있었나. 점이라든지 사마귀라든지."

의사는 계속 말한다. 아버지는 얼굴을 붉히며 한숨을 깊이 내쉰다.

"그런 건 몰라요."

그렇게 말하고 고개를 숙인다.

"알았어요."

의사는 뭔가를 기록하고 있다. 아버지의 깊은 한숨 소리가 들린다.

"요즘은 아이들이 찾아오지 않나."

"지금 이 자리에도 와 있어요."

"아이들이 뭐라고 하나?"

"자꾸만 웃어요. 귀여워요."

"알았어요."

아버지는 바라보기만 한다.

"미안하다."

아버지가 한동안 바라보다 고개를 숙인다.

"뭐가요."

아버지를 똑바로 바라본다. 아버지 눈에 눈물이 고여 있다.

"잘 압니다. 고통이 얼마나 심한지."

의사가 자리에서 일어선다.

"정말 미안합니다. 저는 어떻게 해서든 자식을 고치고 싶은 욕심에."

"이제 약을 조제했으니 두고 봅시다."

다시 병실에 입원한다.

봄이 깊어지고 새순이 돋고 있다. 차츰 안정을 보이고 있고, 가끔 씩 나와 대화한다. 우선 단절된 언어를 위해 더욱 가깝게 밀착한다. 회복기간은 길고 느리다.

"아버지의 추행은 어떻게 만들어 냈어."

편안해지자 묻는다.

"만들어낸 것이 아냐."

벌써 말을 조합하고 현실로 만들었다. 그 말을 자꾸만 가슴속에 깊이 새겨 넣는다면 그 꾸며진 허구들은 머릿속에서 계속 창조되면서 기억하게 될 것이고, 그걸 허구로 인식하기란 힘들고 그에 따른 알리바이만 조작할 뿐이다.

"아버지에 대한 문제를 잘 좀 생각해봐. 너는 예전부터 어머니의 죽음과 아버지의 연관성을 생각했었어. 그러다가 갑작스럽게 아버지의 환시를 보고 있는 것이고."

"아냐 분명 아버지는 나를 추행한거야. 밤이면 몰래 내 방으로 들어와서 그렇게 해."

자꾸만 아버지에 대하여 진실이라고 한다. 아무리 진실이 아니라고 말해도 소용없는 일이라는 것을 안다.

"아버지를 따라갔던 그 교회 생각 안 나?"

유년의 기억을 끄집어낸다.

"생각나지. 황토 구릉 위에 세워진 그 교회."

그 말을 하고는 눈을 감는다.

"생각해봐 그곳에서 어떤 일이 가장 선명하게 떠올라?"

기억을 하면서 입가에 미소를 보인다.

"어머니의 늦은 귀가."

그 말을 하면서 도리질을 한다.

"왜 그래."

"아버진 예배당에서 성경을 읽었고, 기도를 했지. 기도 소리가 예배당을 울렸어."

"어떤 기도였는데."

"확실히 기억은 없어 그냥 기도한 것밖에는."

"어머니의 치마는 찢어졌고, 머리는 마치 귀신처럼 풀어헤쳐져 있었어, 무서웠어. 그때 뒤로 물러섰지."

그 말을 하고는 도리질한다.

"그래서. 송이처럼 용감하게 말해봐. 송이를 좋아했잖아. 이젠 네가 송이처럼 그 주인공이 되란 말이야."

"어머니는 방으로 들어오지 않고 밖에 그대로 서 있었어. 아버지가 예배당에서 나왔지. 놀라 아무 말도 하지 않고 얼어붙은 듯 어머니를 바라보고만 있더군. 그런 아버지를 문틈으로 바라보았어. 한동안 그렇게 서 있던 아버지가 정신을 차리고 어머니를 예배당 안으로 데려갔지. 그때부터 어머니의 긴 울음소리가 들렸고, 그날부터 더 이상 일을 나가지 않았어."

"그때부터 병을 얻은 거야."

"그땐 몰랐지만 그때부터 어머니는 방에서 밖으로 나가지 않았어.

아버지는 안수기도를 한다며 손을 머리에 올려놓고 '마귀야 물러가라' 라고 외쳤지."

"기도원에서 원장이 했듯이?"

"그래."

"그랬었구나."

그 말에 동조한다.

이미 모든 걸 파악했다는 반증으로 그때의 일을 비판한다.

"아버지의 말로는 귀신이 들어갔다는 거였지."

고개를 숙인다.

"군산으로 올 때도 어머닌 그 상태였나."

"지금 생각해보니 어머닌 나와 똑같은 병을 얻었던 거야."

"군산에 와서는 어떻게 지냈어."

집요하게 어머니에 대한 유년의 기억부터 떠올려 말하게 한다.

"아버지는 누가 알까봐 방문 고리를 밖에서 채우고 다녔어. 밖으로 나오지 못하게 말이야."

"그래도 한 번씩은 밖으로 나왔을 건데."

"그랬지."

"그게 언젠데."

"내가 항구의 철도에서 놀던 그때지."

"철길에서 놀았다는 그때."

"그래."

그 말을 하고 한동안 말없이 고개를 숙인다.

"왜 그래."

"머리가 터질 것 같아."

변명하며 더는 생각하지 않으려 한다.

"그래도 말은 마쳐야지."

"기차가 오고 있었어. 그것도 모르고 놀이에 열중하고 있었지."

"그때 어머니는 어디에 있었는데."

"어머니는 내 주위에서 바다를 보고 있었지."

이마에서 땀이 흐르기 시작한다.

이때를 놓치면 기억을 다시 끄집어내기는 어렵다 생각하고 너의 입에서 다음 말이 튀어나올 수 있도록 얼굴만 바라본다. 이때 말을 하거나 다그쳐서는 안 된다는 것을 잘 알고 있다.

"기차가 다가오고 있었어. 소리도 들리지 않았지. 마치 숲 속에서 뱀이 미끄러져 나오듯. 고개를 들어보니 빨간 줄무늬의 큰 뱀 같은 것이 아가리를 벌리고 다가오고 있었지. 꼼짝할 수 없었어. 그 자리에서 눈을 감았지. 얼마 후 나는 허공에 둥실 떠 있었고 아득히 어디론지 날아가고 있었어. 짧은 순간이었지만 길게 느껴지는 시간이었지."

그 말을 하고는 다시 도리질을 한다. 이마에서는 굵은 땀방울이 맺혀 있다가 이내 바닥으로 떨어진다.

"왜 그랬어."

손바닥으로 이마를 닦아준다.

"어머니가, 어머니가 나를 밀쳐냈던 거야. 정신이 없던 어머니가 말이야."

그 말을 하고는 울음을 터트린다. 네가 눈물을 흘릴 수 있도록 한동안 내버려 둔다. 얼마간 시간이 흐르자 손수건을 건넨다.

"자 눈물 닦아."

눈물을 닦고 한동안 얼굴을 무릎에 묻고 있다.

"어머니는 그곳에서 죽었지…… 아주 처참하게…… 발이 모두 잘리고, 목도 잘렸어. 침목과 자갈밭에 붉은 피가 널려 있었고……"

그 말을 끝으로 고개를 숙인다. 한동안 작은 어깨가 움직이다가 그친다.

"넌 참 용감하다."

등을 손바닥으로 쓸며 창밖을 바라본다. 황사 때문인지 온통 뿌연 햇빛이다. 그 말이 힘들었던지 새우등을 하고 잠이 든다. 꿈속에서 내내 어머니의 불완전한 모습이 괴롭히고 그때마다 깜짝깜짝 놀란다.

어머니의 기억을 쏟아내고 그 후부터 너의 생각이 긍정적인 사고로 바뀌면서 명랑하다. 약에 대한 부작용이 약해지고 정신도 맑아져 중얼거리는 빈도도 줄어든다. 늘 괴롭히던 환청도 너의 힘으로 이겨낸다. 환청이 심하고 환시가 나타날 때면 간호사를 부른다. 스스로 약을 조절하면서 병을 이겨내고 있다.

9

요양원에서 병원으로 들어 온 지 일 년이 넘어서고 있다. 이제 회복되어 안정적인 생활을 한다. 불안전한 상태가 오면 나를 찾아 상의하고 적절하게 대처한다. 병원에서 늘 말하던 병식을 터득한 것이다.

창가에 앉아 사람들의 모습을 바라본다. 환자복을 입은 사람들이 병실 내에서 부자연스럽게 움직인다. 그들의 모습은 항상 그렇다.

"뭔 생각이 그리 깊어."

다가온 건 민섭이다.

"집 생각을 한 번 해 봤어."

민섭을 대하는 태도는 다른 사람들과 다르다.

"퇴원하면 혼자 사는가."

민섭이 가깝게 다가와 말한다.

"혼자지."

미소를 보인다.

"나 말할게 있는데."

신중한 태도를 보이며 약간은 떨리는 목소리다.

"뭔데."

민섭이 어떤 말을 할거라는 것을 알지만 모르는 척한다.

"너 좋아해. 이건 진심이야."

기다렸다는 듯 말한다.

"좋아하는 것은 좋지만 어디까지나 친구일 뿐이야."

잠시 생각한다.

"나는 친구 이상으로 생각하고 있어."

민섭의 얼굴은 진지하다.

"우리는 병과 싸우고 있잖아."

조심스럽게 민섭의 얼굴을 바라본다. 민섭의 얼굴은 진실로 가득
해보인다.

"서로 의지하며 병을 관리하면 이보다는 더 관리가 잘되겠지."

집요하다.

"하지만 이렇게 생각해. 서로 위로하면서 친구처럼 지내는 것이 더
좋을 것 같다고."

민섭에게 사정하듯 말한다.

"알았어."

서운한 표정을 한다.

"말 잘 하는데."

대처하는 모습을 보고 칭찬한다.

"잘 한 거야?"

"그럼."

"어떤 생각을 해."

민섭이 가까이 다가앉는다.

"좀 생각을 했어."

"은혜 씨는 퇴원해도 될 것 같은데."

"퇴원은 혼자 할 수 없잖아. 보호자가 있어야지."

그동안 퇴원을 시켜 엉뚱한 곳으로 내몬 아버지를 생각한다.

"지난번 면회 때 어머니께서 곧 퇴원을 시킨다고 했는데……"

생각에 잠긴다.

"퇴원하고 싶어?"

민섭을 위로하듯 바라본다.

"여기서 퇴원하고 싶지 않은 사람이 어디 있어."

"나."

"정말 퇴원하고 싶지 않은 거야."

"이곳이 좋아."

"왜."

"편해서."

기도원이나 요양원을 생각한다.

"집이 편하지 자유롭고."

"난 아냐."

세차게 도리질을 한다. 갑자기 태도가 돌변하는 것을 본 민섭은 슬그머니 자리를 피해 사람들 틈으로 간다. 사람들 틈에서 가끔씩 너의 태도를 살피는 민섭을 곁눈질로 바라본다. 너에게 호감이 있는지 자꾸만 주변에서 맴돈다.

"이리로 들어가요."

감독의 안내를 받으며 들어온 사람을 자세히 바라보니 송이다.

"송이야."

송이 앞으로 다가간다. 송이는 상태가 좋지 않는지 큉한 눈으로 바라본다.

"왜 이렇게 됐어."

손을 잡는다.

"자꾸만 환청이 들려서."

고통스러운지 손으로 머리를 움켜쥔다.

"송이가 왜 그래."

송이의 행동을 바라보고 있다.

"너도 그랬어."

잘 봐 두라는 듯 말한다.

"송이가 재발한 거야."

"환청이 들려 잠을 자지 못했나봐."

송이가 머리를 감싸고 쭈그리고 앉아 있는 모습을 바라본다. 말하면 엉뚱한 방향으로 대답을 하다가 가끔씩 졸고 있다.

"이리로 누워."

송이가 누울 수 있도록 요를 깐다. 송이는 괜찮다며 무릎에 얼굴을 묻고 있다.

"수면제를 먹였나봐."

행동을 관찰한다.

"환청 때문에 괴로움을 당하고 있었으니 그렇게 처방했겠지."

"불쌍해 죽겠어. 그런데 어떻게 이곳으로 오게 되었을까."

"어머니가 찾아가 이리로 보냈을 거야."

쭈그리고 앉아 있는 송이를 바라보고 생각에 잠겨있다.

"이리로 누워."

송이의 생각을 깨운다. 송이는 일어나 눈을 끔벅인다.

"이곳이 어디야."

송이는 감독이 앉아 있는 쪽을 바라본다.

"병원이야."

다가간다.

"병원?"

송이는 주위를 둘러보고 다시 무릎에 얼굴을 묻는다.

"이리로 편하게 누워. 옆에 있어줄게."

송이의 손을 잡는다. 송이는 그때서야 요 위에 눕는다.

"편하게 자."

이불을 덮어준다.

눈을 감고 누워있는 송이를 바라본다. 송이는 잠을 자지 못해서인지 눈 주위가 검고 피부는 거칠어져 있다.

"너도 이랬어."

근심어린 표정으로 송이를 바라보고 있자 개입한다.

"나도 이랬어?"

"그럼."

"이게 누구야?"

송이를 바라보고 있자 민섭이 다가온다.

"친구야. 송이라고."

옆에서 송이를 바라본다.

"잠을 자지 못했나."

"환청 때문에."

"환청?"

민섭은 송이의 상한 얼굴을 뚫어져라 바라본다.

"어머니가 언제 오시는데."

민섭이 송이를 바라보자 괜한 질투심이 생겨 말을 시킨다.

"다음 주 금요일."

민섭은 다시 너를 바라본다.

"그때 퇴원하는 거야."

"퇴원시켜준다고 했어."

"나는 언제 퇴원하게 되는 걸까."

"잘 부탁해봐."

"퇴원할 때마다 다른 곳으로 입원시켰어. 무섭고 불안해."

"그래도 아버지잖아."

"그렇긴 하지만 요즘엔 아버지가 오는 것도 두려워."

다시 송이에게로 눈을 돌린다. 송이는 꿈을 꾸는지 자꾸만 부스럭

댄다. 민섭은 송이를 바라보고 있는 너를 그윽한 시선으로 바라본다.

"퇴원하면 너의 아버지께 말할게."

"그렇게 하지 마. 난 이곳에 좀 더 있을 거야."

다시 창쪽으로 시선을 돌린다.

"하늘이 맑아."

구름 한 점 없는 가을 하늘을 바라본다.

"우리집 담 밑에는 코스모스가 한창일거야."

"누구랑 사는 집이야."

민섭이 생각에 잠겨있자 말한다.

"우리집엔 어머니 혼자 계셔."

"아버진."

"내가 어렸을 적에 이혼하셨대. 얼굴도 떠오르지 않아. 가끔씩 떠오르는 얼굴이 있어 어머니께 알아보면 다른 사람이고 그랬지."

아버지가 그리운지 창밖을 바라본다.

"정말 하늘이 맑다."

민섭은 일부러 너의 말을 피한다.

민섭의 얼굴에 그려진 아픈 기억들을 생각하며 일어서 창가로 간다.

"사람들은 누구나 고민이 있는 거야."

표정을 살핀다.

"고통이 없는 사람도 있을까."

"정도의 차이지."

"난 민섭은 어려움이 없는 줄 알았어."

민섭이 미소를 보낸다.

"이리와 봐."

다가온다.

"이제 가을이 깊어지고 있어."

눈동자를 바라본다. 민섭의 눈동자는 티가 없다.

"내가 퇴원하면 많이 보고 싶을 거야."

그 말을 해놓고 황무지를 바라본다.

"그렇지 않아. 쉽게 잊어버리고 다른 일에 몰두하게 되겠지. 사람들은 다 그래."

그렇게 말했지만 잊지 않길 바란다.

"그렇지 않아."

계속 황무지만 바라본다.

"우린 왜 이렇게 살아야 하는 걸까."

민섭의 모습을 슬쩍 훔쳐보며 말한다.

"힘없는 소리 그만해."

그렇게 말하며 너를 바라본다.

"이렇게 사느니 차라리 죽었으면 해."

"자살."

"그래."

"그런 생각을 하면 나 화낸다."

뚫어져라 바라본다.

"솔직히 이게 사람 사는 거야."

다시 말한다.

"누군 어떻게 사는데."

"이렇진 않잖아."

"사람들이 다 잘 살고 있는 것 같아도 고민도 있고 고통도 있어. 그것을 이기면서 사는 거야. 즐겁게 노래하는 새들이나 아름답게 피어 있는 꽃들도 알고 보면 다 고통을 지니고 있지."

민섭이 손을 잡는다.

"나는 솔직히 너를 잊지는 못할 거야. 네가 퇴원해 떠나가도 영원히. 너에 대한 내 감정이 그럴 거야."

눈에 이슬이 맺힌다.

"너 민섭이 좋아하는 거야."

"그런가 봐."

"사랑하는 것은 좋은 거야. 좋은 인연이 될 수도 있고."

"그럴까."

"왜."

"몸 하나 추스르지 못하는데 둘이서 어떻게."

"무슨 말을 그렇게 해."

민섭이 너와 대화가 길어지자 끼어든다.

"가을을 생각해 보았어."

쉽게 말한다.

"넌 낭만이 있어."

송이는 한동안 환청과 환시에 시달린다. 누군가가 옆에 와 있고, 그 사람이 자꾸만 자기의 비밀을 알아내고 있다고 말한다. 또한 가까이에서 속삭이는 소리 때문에 도저히 잠을 잘 수 없다며 머리를 붙잡고 도리질한다. 그때마다 간호사는 약을 주어 얼마간 진정을 시키지만 그 효력은 얼마가지 않는다.

"오늘이 어머니가 오신다는 날이다."

송이와 같이 있을 때 민섭이 다가와 말한다.

"언제쯤 오신데."

"오전에 오신다고는 했는데 잘 몰라."

"오늘 가면 이제 언제 볼지 모르겠네."

"내가 면회 올게. 그리고 너의 아버지를 찾아가 퇴원시켰으면 좋겠다고 전하고."

"퇴원시키라는 말은 하지 마. 정말이야."

"왜."

"어디로 보낼지 몰라. 집으로는 절대 데려가지 않을 거야."

"알았어."

민섭은 그 말을 하고는 감독에게로 간다. 자기의 옷가지들이나 소지품을 정리하고 싶어서다.

"민섭은 좋겠어."

부러운 눈으로 민섭의 모습을 바라본다.

"우리집은 어떻게 되었을까."

집 생각이 나는지 잠시 생각에 잠긴다.

"그대로 있겠지."

"흔들의자도 그대로 있을까."

"누가 치우겠어. 거긴 너의 집인데."

"하긴."

다시 송이를 바라본다. 송이는 멍한 눈으로 사람들이 지나다니는 모습을 바라본다.

"송이는 왜 이렇게 회복이 되지 않는 걸까."

송이의 표정을 살핀다. 송이의 얼굴 표정이 석고상 같다.

"아마 오래 갈 거야."

"왜."

"그곳에서 약도 제대로 먹지 못했을 테니."

"송이야 정신 차려."

송이에게 조그만 소리로 말한다. 송이는 큰 눈을 끔벅거리며 바라보다가 다시 시선을 돌린다.

"은혜야, 오셨어."

민섭이 며소를 짓는다.

"퇴원 축하해."

민섭에게 손을 내민다.

"너도 곧 퇴원하게 될 거야. 그리고 퇴원하면 이 전호번호로 연락해."

민섭은 쪽지를 주고는 소지품이 든 보따리를 들고 감독의 안내를 받으며 철문 밖으로 나간다. 민섭이 현관을 빠져나갈 때까지 창살을 붙들고 바라본다.

"잘 가. 안녕."

그 말을 하고 힘없이 송이 곁으로 간다.

"송이야, 민섭이 갔어. 퇴원한 거라고."

"그……래"

송이가 어눌하게 말한다.

송이 곁을 지키며 송이가 안정되기를 기다린다. 연락을 하겠다는 민섭은 한 달이 다되어도 연락이 없다.

10

병원 주위에 단풍나무가 또다시 불을 뿜는다. 창밖으로 펼쳐진 가을을 바라본다. 병원 건물을 따라 조성해 놓은 화단에는 몽우리를 터트린 국화와 구절초가 가을 밤하늘의 별과 같다. 가끔씩 깊은 가을을 밀어내는 싸늘한 바람이 불어와 꽃들이 흔들거린다. 병원으로 이어져 있는 아스팔트길이 황무지의 구릉을 뚫고 긴 곡선을 유지하며 멀리로 뻗어 있고, 그곳으로 가끔씩 차량이 지나간다. 차량의 대부분은 병원으로 오가는 차량들이다.

송이는 옆에서 알아듣지 못할 말을 계속한다. 하지만 송이의 말은 처음과는 많이 안정된 언어들이다. 창밖을 바라보며 호주머니 속에

든 쪽지를 만지작거린다. 그 쪽지는 민섭이 퇴원하며 주고 간 전화번호가 적혀 있는 것이다.

"주머니 안에 뭐가 있어?"

깜짝 놀란다.

"종이쪽지."

알고 있다는 것을 아는지 쉽게 말한다.

"민섭이 주고 간 쪽지인가."

"전화번호가 적혀 있어."

호주머니 안에서 쪽지를 꺼낸다. 종이쪽지는 호주머니 속에서 녹아 마치 화장지처럼 부드럽다. 종이쪽지를 조심스럽게 펼친다. 아직 파란색 볼펜으로 쓰여 진 글씨가 선명하다.

"글씨가 보여?"

"아직 보여."

한동안 글씨를 바라보다 다시 호주머니에 집어넣는다.

"송이는 괜찮아질까?"

아침에 말한 감독의 말을 떠올린다. 감독은 간호사의 대화에서 송이는 이미 황폐화되어 깨어나지 못할 수도 있다고 말했다. 간호사는 누가 말했느냐 말하자 감독은 의사의 말이라고 했다. 하지만 너는 송이가 분명 마음의 평정을 찾을 거라 믿는다.

"너무나 늦게 온 것 같아."

그 말을 믿으려 하지 않고 송이를 돌본다.

"하지만 나을 거야. 분명 확신해."

"그랬으면 오죽이나 좋겠어."

눈을 감고 요양원에서의 생활을 떠올려본다. 요양원에서 송이에게 어떤 일이 있었을까 생각해 보지만 이렇게 될 만한 일은 떠오르지 않는다.

"은혜 씨 면회요."

감독이 다가와 말한다.

"저 말인가요."

눈을 뜨고 감독을 바라본다.

"아버지께서 찾아왔어요."

"아버지께서……"

얼굴이 갑자기 굳어진다.

"왜 찾아왔답니까."

감독의 표정을 살핀다.

"나도 잘 몰라요."

감독은 그렇게 잘라 말한다.

"어떻게 해야지."

걱정스런 표정이다.

"이번은 괜찮을 거야. 그동안 아버지의 생각이 계속 실패를 했으니……"

확신이 없다는 투다.

"그래도 면회는 해야겠어."

결정하고 감독을 따라간다.

"어떠냐."

아버지 일성이다.

"괜찮아요."

그렇게 잘라 말하며 아버지의 표정을 살핀다.

"퇴원해도 되겠어?"

아버지가 웃으며 말한다.

"어디로 퇴원하는데요."

아버지를 노려본다.

"이번엔 집으로 가는 거다."

아버지 말에 얼굴이 펴지기는 했지만 여전히 경계하는 눈초리다.

"믿어도 됩니까?"

다짐이라도 받으려는 듯 아버지를 똑바로 바라본다.

"그래."

"언제입니까."

"이번 금요일로 하자. 방도 치워놓고 준비도 해놓을 테니."

아버지는 그 말을 하고 면회를 마친다.

병실로 돌아오면서 주머니 속을 뒤적여본다. 주머니 속에 있어야
할 쪽지가 만져지지 않는다.

"왜."

당황해 하는 모습을 보고 말한다.

"쪽지가 없어졌어."

주머니를 뒤집어 본다. 아무것도 나오지 않는다.

"녹아 없어졌나봐."

아쉬운 듯 자리로 향한다.

"면회 갔다 온 거야."

송이가 천천히 말한다. 송이의 말소리를 듣고 놀라며 송이를 바라본다.

"아버지가 오셨어."

"그래."

송이는 갑자기 안정을 찾아가고 있다.

송이와 말을 하고 있자 감독이 다가온다.

"많이 좋아졌네."

감독은 송이의 모습을 한 번 훑어보고는 자리로 돌아가 일지에 뭔가를 기록한다.

"이제 안정이 되고 있어."

송이의 손을 잡는다.

"앉아."

송이는 먼저 자리에 앉는다.

"그곳에서 어떤 일이 있었던 거야?"

송이의 눈을 바라본다.

"약이 맞지 않았어."

"뚱보여자는 잘 있지."

그 여자는 네가 떠나고 얼마 되지 않아 제초제를 마셨어.

"제초제를…… 그곳에 제초제가 어디 있어서."

"잡초를 제거하려고 사 놓은 곳을 알았었나봐."

"그랬었구나."

뚱보여자가 했던 말을 떠올린다. 같이 있는 남자를 가리키며 '저놈은 퇴원하면 마시려고 제초제를 두 병이나 사 놓았대.'라고 말하며 미친놈이라고까지 했었다.

"그게 나을지도 모르지."

송이는 다시 자리에 눕는다.

누워 있는 송이를 바라보며 병원에서 처음 만나던 그때의 모습을 떠올린다. 항상 미소 속에 살고 있었고, 모든 걸 긍정적으로 생각했다.

"사람이란 내일 일은 알 수 없는 거야."

송이를 바라보며 심각한 표정을 하고 있는 너에게 자신을 돌아보라고 말한다.

"송이를 보니 정말 그래."

"이번 금요일에 퇴원하면 무얼 할 건데."

"즐겨 찾던 곳이 지금은 어떻게 변해 있는지 찾아가 볼 거야."

"무엇이 가장 생각나?"

"집이지. 흔들의자 그리고 향나무, 아크로폴리스…… 그리고……
어머니와 헤어졌던 철길과 항구."

그 말을 하면서 깊은 생각에 잠긴다.

호전되기 시작한 송이는 눈에 보일만큼 안정을 찾아간다. 퇴원하는 금요일이 되자 걱정이 앞선다. 혹시 아버지가 다른 곳을 준비하고 있을지 모를 일이고, 그렇게 되면 또 한차례 고통이 또 이어질 거라 생각한다.

"왜 그렇게 심각해."

창밖을 바라보며 생각에 잠겨 있다.

"아냐, 아무것도."

도리질을 하며 송이가 앉아 있는 곳으로 간다.

"이번엔 집으로 데려 갈 거야. 약속했잖아."

"그렇긴 해."

입술을 깨문다.

"오늘 퇴원하시죠."

간호사가 다가오며 미소를 보인다.

"그동안 고마워요."

간호사에게 미소를 보낸다.

"다 은혜 씨의 의지에 따른 결과예요."

"아니죠. 다들 저에게 잘해주신 덕분이지요."

간호사가 옆에 있는 송이를 바라본다.

"많이 좋아졌어요."

"그런가요."

송이가 자리에서 일어선다.

"피곤하면 누워 있어도 돼요."

간호사는 송이의 상태를 관찰하듯 바라본다.

"송이는 언제쯤 옛 모습으로 돌아갈까요."

자신이 돌봐줄 수 없다는 것을 생각해 간호사에게 부탁하듯 말한다.

"이제 빨리 적응될 겁니다. 그리고 곧 안정된 상태로 될 것이고요. 이걸 봐요. 약이 줄어들고 있잖아요."

간호사는 안심하라는 듯 비닐봉지 안에 있는 약을 보여준다.

"은혜 씨는 퇴원해서도 약을 꼭 먹어야 해요. 그렇게만 한다면 다시 입원은 하지 않을 겁니다."

"이제 준비를 해야지."

송이를 걱정스럽게 바라보고 있어 다그친다.

"준비할게 뭐 있어. 몸만 나가면 되는데 뭐."

"개인 소지품을 말하는 거야."

불안한 마음을 보인다.

"잘 될 거야. 걱정 마."

불안한지 자꾸만 안절부절못한다.

"은혜 씨 아버지 면흽니다."

감독이 다가온다.

"오늘이 퇴원이라고 들었는데 준비되었어요."

감독이 앞서 가며 말한다.

"준비할게 별로 없어요."

감독과 함께 엘리베이터를 탄다.

"은혜야."

엘리베이터에서 내리자마자 아버지가 다가온다.

"오늘은 어디로 갑니까."

다짜고짜 그 말부터 한다.

"이리로 앉자."

"이번은 저를 어디로 데려갈 건지 그 말부터 해주세요."

자리에 앉지 않고 서 있다.

"내가 말했잖아. 이번은 집으로 간다고."

그때서야 아버지 옆으로 가 앉는다.

"의사 선생님께 말해 두었다. 준비는 다 되었지."

"이제 올라가 준비해야겠어요. 여기서 잠시 기다리세요."

그 말을 해놓고 감독과 함께 병실로 올라간다.

"봐. 걱정을 하지 않아도 된다고 했잖아."

얼굴이 환해진다.

"송이야 퇴원한다. 약 잘 먹고 견뎌야 돼."

"이제 이런 병원엔 들어오지 마."

송이는 손을 붙잡는다.

"알았어. 너도 빨리 퇴원해야지."

"알았어. 이제 어머니도 혼자 살고 계시니 그렇게 될 거야."

"어머니께서 혼자 사셔?"

"내가 그 말을 안 했던가. 어머닌 다시 이혼을 하셨어. 나 때문이었을 거야. 그래서 이곳 병원으로 오게 된 거고."

"그랬었구나."

"그런데 네가 나가고 없으면 나 혼자 어떻게 살지."

송이의 눈에 이슬이 반짝인다.

"잘 견디면서 안정을 취해. 그러다보면 곧 퇴원할 거야."

"알았어."

"참. 내 전화번호는 알고 있지."

"수첩에 있어."

"그럼 나 간다. 잘있어."

"축하해. 다시는 이런 곳에 들어오지 마."

송이는 나가는 모습을 보면서 눈물 흘린다.

11

    황토색 커튼이 천천히 움직인다. 흔들의자에 앉아 창밖을 바라본다. 녹색 불꽃 같은 향나무가 바람에 움직이며 활활 타오른다. 발걸이에 발을 올려놓고 눈을 감는다. 상상 속에서 구름이 어디론지 달려가고 지나간 시간 속으로 빠져 들어간다. 자꾸만 아이들의 목소리가 들린다. 햇빛이 오소소 쏟아지는 황토 언덕 아래 위에는 구름을 뚫은 십자가가 높이 서 있고 그 십자가가 흔들린다. 아니, 십자가가 흔들리는 것이 아니라 구름이 흔들리는 것이다. 바람은 높이 불고 하늘은 푸르다. 간간히 걸레 조각 같은 조각 구름이 맑은 하늘을 닦고 지나간다. 아이들은 흙을 만지며 까르르댄다. 너는 그 아이들 틈으로 들어가 손에 흙을 만진다. 부드럽다. 아이들의 볼엔 황토 흙이 범벅이 되어 있다. 콧물도 나와 있고 흙이 묻은 작은 손으로 귀찮게 코를 훔친다. 너는 손바닥으로 아이들의 볼을 한 명씩 닦아준다. 아이들은 귀찮다는 듯 손을 뿌리친다. 갑자기 손에 묻은 황토 흙이 피로 변한다. 깜짝 놀라며 발걸이에서 발을 내려놓고 흔들의자를 고정한다. 깊은 한숨을 몰아쉬며 눈을 뜬다. 이마에는 송골송골 식은땀이 맺혀있다.

"무슨 생각을 그렇게 깊이 했어."

"아이들과 놀던 교회가 있는 황토구릉 아래."

"어린시절 거기?"

"응."

그 말을 하고는 이마의 땀을 손바닥으로 훔친다.

"그곳이 맘에 들어?"

"자꾸만 그곳이 떠올라."

"어린시절을 떠올리는 것은 좋은 일 아냐. 고향 같은 곳이니까."

"그때 놀았던 아이들은 어디서 무엇을 하고 있을까."

다시 눈을 감는다.

"밖에 일이 있나봐."

잠시 눈을 감고 있다가 소란스런 소리에 눈을 뜨고 창가로 걸어가 아래를 내려다본다. 길에 차일이 쳐있다.

"앞집 할머니가 죽었나봐."

차일 안에서 움직이는 사람들의 그림자를 본다.

"앞집 할머니가 죽을 때도 되었지."

"참 허무하네. 집으로 와서 한 번도 보지 못했어."

"나가기나 했나."

"그렇긴 하지. 저 할머니를 바라보며 어머니 생각을 많이 했거든. 어머니의 나이와 할머니의 나이, 그리고 현재 살아계셨다면 어떻게 되었을까, 등등."

"그랬어. 사자머리는 어떻게 되었을까."

"나도 그게 궁금했어."

"언제 볼 수 있을까?"

"이제 관찰해 봐야지."

사자머리가 살고 있는 집쪽을 바라본다.

"날씨도 맑은데 오늘도 방 안에서 틀어박혀 있을 거야?"

"갈 곳이 있어야지."

"항구로 가면 어떨까."

"항구? 좋아."

생각 없이 대답하고 자리에서 일어나 외출준비를 한다.

항구의 안벽 끝에 쭈그리고 앉아 한동안 모래 위에 그림을 그리다가 바다로 흘러가는 물결을 바라본다. 갈색의 강물이 빠르게 흘러간다.

"강물 좀 봐."

강물 앞에서 생각에 잠긴다.

"저기 배 안에는 선원들이 있을까."

생각에 잠겨 있는 너를 흘끔 바라본다.

"글쎄."

강물을 바라보며 잔교 쪽으로 눈을 돌렸다가 다시 강물을 바라본다.

"왜 그래 잔교에 누가 있어?"

도리질을 한다.

"왜 그래."

자꾸만 마음속에 있는 이야기를 꺼내려 말을 건다.

"아무것도 아냐."

"말해 봐."

"저기 저 잔교로 사람이 오고 있었어."

"누가?"

"작은 배에서 내려온 사람이."

"그런데."

"그 사람이 자꾸만 내 앞으로 다가오더라고. 바람이 불었고 내 머리칼이 자꾸만 눈을 가렸지. 아무렇지 않게 그 사람을 바라보고 있었는데 그 사람은 자꾸만 내 곁으로 다가왔지. 쭈그리고 앉아 눈을 보며 누구냐고 말했어. 대답하자 사탕을 준다며 안고 배로 들어갔지."

그 말을 하고는 두려운 시선으로 바뀌면서 잔교와 정박 중인 배를 번갈아 바라본다.

"그래서."

"그 사람은 탁자 위에 올려놓고 옷을 벗겼지. 그리고는 자기도 바지를 벗고는 잔뜩 발기해 있는 성기를 보여주며 아파도 참아야 한다며 다리를 벌렸어."

그 말을 하고는 실제 상황처럼 부르르 몸을 떤다.

"아프다고 소리치며 울었지. 그 사람은 도저히 안 되겠는지 내 다리 사이에 성기를 넣고는 사정을 하더라고. 그때는 아무것도 몰랐는데 커가며 그것이 성폭행이었다는 것을 알게 됐어."

처음과는 달리 담담하게 이야기를 한다.

"어떻게 생긴 사람이야."

"잘 모르겠어. 생각이 떠오르지 않아."

세차게 도리질을 한다.

"참. 그 사람이 꼭 순이 남편과 비슷해."

"옆집 순이 남편?"

"그 사람이 아니고 생김새가 비슷하다는 거야."

그 말을 하고는 자리에서 일어선다.

"이곳은 더 오기 싫어."

철길 쪽으로 발길을 돌린다.

"왜? 철길로 가려고?"

"사람은 영혼이 있대. 어머니의 영혼이 분명 이곳 어디선가 기다리고 있을 거야."

철길에 우두거니 앉아 있다.

"어머니가 사고 난 곳인데도 두렵지 않아?"

"두려움도 있지만 그것보다는 어머니가 더 보고 싶어."

레일에 앉는다.

"하지만 어머니는 없어. 이 두 레일처럼 너와는 영영 만날 수도 없고."

더 이상 어머니의 기억을 떠올리지 않게 한다.

"왜 과거가 이렇게 엉망일까."

쭈그리고 앉아 머리를 두 손으로 잡고 도리질 친다.

"사람들은 다 그렇게 사는 거야."

그 말을 하고는 바라본다. 너는 눈을 감고 어머니를 생각한다.

"이제 가. 이곳엔 더 이상 오지 않을 거야."

한동안 레일 위에 앉아 있다 자리에서 일어서며 앞서 걷는다.

"왜 더 이상 이곳에 오지 않을 건데?"

"하늘나라가 있다면 그곳에서 만나기로 다짐했어."

"언제."

"지금."

"어디로 갈 건데."

"아크로폴리스로"

"오늘 가고 싶은 곳은 다 가네."

걸음걸이는 자신이 있어 보인다. 햇살이 창백했지만 도심은 고즈
넉하다.

"천천히 걸어."

숨이 차면서도 빠르게 걷고 있어 말한다.

저만큼에서 아크로폴리스가 보인다. 걸음을 멈추고 아크로폴리스
를 바라본다. 아크로폴리스가 어떤 의미일까 생각해 보지만 마땅한
생각이 떠오르지 않는다.

"낡을 대로 낡은 건물인데 이곳이 그렇게 좋아."

"막다른 생각이 있을 땐 이곳을 찾았어."

"그랬어."

"집으로 온 후부터 사자머리를 한 번도 보지 못했어. 어디에 있을까."

"모르지."

얼굴을 바라본다. 사자머리와 상관관계가 무엇인지 다시 한 번 생각한다.

"아크로폴리스에 가 알아봐야겠어."

다시 빠르게 걷기 시작한다.

"들어가."

막상 아크로폴리스 앞에 도착하자 망설인다.

아크로폴리스는 예전 모습 그대로다. 입구에 있는 그림을 한동안 바라보다 안으로 들어간다.

"변한 것이 없어."

자리에 앉으며 말한다.

하얀 얼굴의 앳된 웨이터가 다가온다. 물컵을 내려놓은 웨이터는 너를 보며 주문하라는 듯 메뉴판을 내려놓는다.

"이봐요."

웨이터가 돌아서자 말한다.

"부르셨어요."

웨이터가 돌아선다.

"사자머리 여자 못 봤어요."

"사자머리요?"

웨이터는 무슨 영문인지 몰라 하며 눈을 크게 뜬다. 웨이터에게 생김새나 모습을 자세하게 말한다. 그러나 웨이터는 모른다는 듯 머리를 흔든다.

"잘 모르겠습니다."

몇 번 더 웨이터에게 말했으나 웨이터는 모르겠다고 말한다. 그럴 리가 없다는 듯 머리를 갸웃거린다.

"이곳엔 오지 않나봐. 처음부터 오지 않았을 수도 있고."

"그럴 리가 없어."

주스를 서둘러 마시고는 일어선다.

생각이 맞지 않자 실망했는지 고개를 숙이고 걷는다. 집에 돌아와 곧장 깊은 잠에 빠진다.

"저길 봐."

꿈속에서도 대꾸를 하지 않는다.

"저길 보라니까. 사자머리 같아."

사자머리라는 말에 고개를 든다.

"사자머리네."

그 자리에 서서 사자머리를 바라본다.

"어디로 가는 걸까."

"분명 아크로폴리스로 갈 거야."

그 말을 하고는 뒤를 돌아 사자머리를 미행한다.

사자머리는 건너편에서 아크로폴리스 쪽으로 걸어간다.

"봐. 내 말이 맞지."

사자머리는 아크로폴리스를 그냥 지나친다.

"어디로 가는 걸까."

고개를 갸웃거린다.

"이번엔 꼭 따라가 볼 거야."

사자머리를 계속 미행한다.

사자머리의 갈색 머리칼이 마치 가을의 갈대밭 같다. 사자머리는 네가 미행하고 있다는 것을 모르고 월명공원에 있는 청소년회관 쪽으로 올라간다.

"청소년회관으로 왜 가는 걸까?"

납득이 가지 않는다는 표정으로 혼잣말을 한다.

"청소년회관으로도 가지 않잖아. 저쪽은 공원인데."

미행을 하다가 그 자리에 서서 사자머리를 바라보다 다시 미행한다.

"저 쪽은 숲이야."

너에게 더는 가지 말라고 말한다.

사자머리는 숲 속으로 들어간다. 참나무 잎을 밟고 가는 사자머리의 발짝소리가 바스락거린다. 사자머리가 어느 순간 발을 멈춘다. 옆에 있는 다복솔 아래에 숨는다. 사자머리는 한차례 주위를 둘러보다가 아무도 없다는 것을 확인하고 그 자리에 앉아 숲 속을 바라본다.

"저기서 누구를 기다리는 걸까."

"글쎄."

해가 기우는지 숲 속이 시나브로 어두워진다. 한동안 앉아 있던 사자머리는 그 자리에 눕는다.

"뭐하는 걸까."

두려운 눈으로 바라보고 있다.

숲 속이 어둠에 잠기자 일찍 나온 달이 은실을 뿌려대고 있어 사위가 환하다. 사자머리가 바스락거리며 일어난다. 숨소리를 죽이며 사자머리를 바라본다. 갑자기 옷을 벗기 시작한다.

"왜 저래."

사자머리의 행동을 뚫어져라 바라본다.

사자머리는 옷을 전부 벗어버리고 나체로 마치 전위예술을 하는 사람처럼 움직인다. 너의 숨소리가 가느다랗게 떤다.

"거추장스러워."

사자머리가 혼잣말을 한다.

"거추장스러운 추한 것들은 다 버려야 해. 모두. 다……."

사자머리 여자는 점점 더 큰소리로 말한다.

"사자머리를 봤어?"

잠에서 깬 눈을 끔벅거리자 표정을 살핀다.

"어떻게 알았어."

"잠꼬대를 해서."

"이제 알 것 같아."

그 말을 하고는 일어나 침대 위에 앉는다.

"뭔데."

"딱 이거다. 라고 말하기는 어려워도 알 것 같아."

침대에서 내려와 창가로 간다. 집 아래는 아직 출상을 하지 않았는지 차일이 그대로 있다. 한동안 아래를 내려다보다가 흔들의자 쪽으로 걸어가 앉는다.

"오늘 힘들었지?"

"그래도 좋은 하루였어."

눈을 계속 감고 있다.

"아이들은 오지 않아?"

"당분간 서로 잊고 살자고 그랬지."

"정말 생각 잘 했어. 그리고 아버지가 만지는 것은."

"……아버지 일이라면 생각을 하지 않기로 했어. 아버지가 보이면 눈을 감아버리고 다른 생각을 하지. 느끼고 보이지만 사람들은 그렇지 못해, 눈을 꾹 감으면 될 일 같아서……"

"많은 걸 결심했네."

"결심한대로 살아 볼 거야."

"잘했어. 정말이야."

"이제는 이 흔들의자도 치워야겠어."

앉아 있던 흔들의자에서 내려와 커버를 씌워 창고로 가져간다. 너를 바라보며 네가 깨달은 병식을 생각한다.

"시원해."

혼잣말을 하고는 침대 끝에 앉아 흔들의자가 놓여 있던 자리를 바라본다. 미소를 품은 얼굴이 오늘따라 자신감이 있어 보인다.

그 후 하루가 다르게 안정되어 간다. 사고하는 것들도 안정적이고, 논리가 있다. 얼굴 표정 또한 밝다. 항상 마음 한가운데에서 네가 어떤 생각을 하고 있는지 파악하고 네 생각을 존중한다. 너는 너의 생각대로 어떤 것을 사고하고 행동하지만 그 생각들과 행동이 나의 생각이기도 하다. 너와 나는 하나이고 한곳에 있기 때문이고, 나는 너의 기제이기 때문이다. 사자처럼 스스로 알아서 행동해야겠다고 누누이 말하고 있지만 사실 너는 이미 어린아이의 심성을 가지고 있다.

얼마 후 송이에게서 전화가 온다. 송이는 퇴원하여 어머니와 같이 살고 있다고 말하며 까르르 웃고는 전화를 끊는다. 한동안 송이의 웃음소리가 귓가에 맴돈다. 이미 끊어진 수화기를 들고 크게 웃는다. 하하하하……